ちくま文庫

「下り坂」繁盛記

嵐山光三郎

筑摩書房

目次

「下り坂」繁盛記

扉イラスト・デザイン　南伸坊

序章「下り坂」の極意

私は下り龍である。下り龍は手におえないぞ。

下り龍とは、天から地へ下ろうとする龍であって、上り龍ではない。絶頂期はとうの昔にすぎた。やりたいと思ったことはやりつくした。

だからいつ死んでもいい、というわけにはいかない。ほうっておいても死ぬときは死ぬのである。下り龍というのは厄介な化物《ばけもの》で、と自分でいうのもおこがましいが、下りながら好きほうだいに暴れるのである。

金はない。少しはあるけど、あんまりない。体力も落ちて、そこらじゅうにガタがきている。中古品を通りこして骨董品である。それも値のつく古道具ではなく二束三文のガラクタである。ろくなもんではない。けれど生きている。平気で生きている。

下り坂を降りることはなんと気持ちのいいことなのか、と思いつつ生きている。

「下らない」というのは、つまらない、とるに足らないという意味である。ということは「下る」ことじたいに価値がある。生きていく喜びや楽しみは下り坂にあるのだ。若い頃は上昇志向がある。「上を見ろ！」と自分をはげまして生きてきた。「いままで十分」と考えるのは停滞だ、と自戒してきた。満足してしまったらそこで終りだから、右脳の命じるまま、直観によって生きている。しゃにむに働き、いくら苦しくても我慢をして坂を登ってきた。つまり上り龍であった。

けれど、登りに登っても、そのさきの上はどこにあるのだろうか。山の頂上の上には雲がある。青雲の志とは高位、高官をめざすこころざしである。では青雲の上にはなにがあるか。月があり、星がある。星の上にはなにがあるのか。宇宙がある。宇宙の上にはなにがあるか。上は無限で、どこまでいっても辿りつく定点がない。

そうと気がついたとき、天才は行き場を失い、自殺する。

私の年になると、「なんと凄い人だろう」とびっくりするほどの天才に出会った。そういった天才が行きつくさきは絶望である。上へ上へとめざしてきた天才は、坂を登りつめた結果、さらなる上を探求して、それを見つけられずに絶望に追いこまれる。こういった天才は百万人にひとりぐらいだから、特別である。

上り龍は黄金の鰓《えら》をくねらせて飛翔し、周囲の人々がまぶしく見あげるなか、遥か天空へ消えていく。だれでも昇り龍となる時期があり、見えざる力が自分を押しあげる。しかしそのエクスタシーは一瞬であって、天へ向かったつもりでいても、そのさきを見失う。糸が切れた凧になる。

天才の凧は、糸が切れてから力を発揮し、自らの操作で、さらに上昇する。地上から糸で操られる凧ではなく、念力を持った凧として自在に飛びつづけるのだが、それは永遠に持続するわけではない。龍は浮遊する意志である。

時代にも上昇期と下降期がある。

私が生まれたのは戦時中の昭和十七年で、三歳のときに日本は敗戦となった。ものごころつくころはそこらじゅうが焼け野原で、親を失った戦災孤児、俗にいう浮浪児が町をうろついていた。

食うものがなく、草の根をかじって飢えをしのいだ。

生きのびたのは進駐軍が配給した脱脂粉乳を飲んだおかげである。ドブ色の、油が浮いたくさい粉乳はアメリカの家畜飼料だとあとで知ったが、それで育ったのだから文句をいってもはじまらない。腹が減って、墓に供えてある飯を食って、死ぬところだった。

それから二十年たつと、高度経済成長期をむかえ、あこがれていたアメリカ人のような生活をするようになった。

一九六〇年代の高度経済成長期は、人間でいえば中学生時代の背のようなもので、このまま背が伸びれば二メートルにも三メートルにもなるのではないか、と錯覚した。日本中が昇り龍の時代であった。敗戦国になって最悪の生活となったのに、あっというまに復興して、日本中が中産階級の生活を享受した。

それから半世紀がたち、ふたたび暗い時代に戻った。現在の格差社会は、昇り龍の時代に内在しており、高度成長期以降、日本は大きな下り坂期に入り、下りつつもミニバブルという中坂を登り、また下ってきたのである。

高度成長期から現在に至る時代は、じつのところまれにみる幸せな道のりであった。人は時代とともに流れる川であるから、現在を客観的に俯瞰することができない。半世紀にわたって、日本人は平和な時代を自堕落に、のんべんだらりと享受したのである。いくら現在が不安で低成長といっても、敗戦直後にくらべれば、どうということはない。

私の世代は、天国と地獄を体験しえただけでも運がよかった。過ぎてしまえば、敗戦直後の悲惨な日々もなつかしい思い出となり、焼け跡にマンマルの太陽が沈んでいく恍惚はいまも胸の内に燻《くすぶ》っている。

二十二歳で出版社に就職すると、予想していた以上の激務が待っていた。三十歳のころは、一日の睡眠が四時間という日々であったが、さほど苦にはならなかったのは、それなりに昇り龍であったからだ。

三十九歳で勤めていた出版社を退職した。会社の経営がいきづまり、希望退職者を募集したので、それに応じたのだった。会社が希望退職者の条件としたのは「四十五歳以上の社員」だった。

それにより、四十五歳からは下り坂なのだな、とわかった。

私が退職した一九八一年は経営不振のため希望退職を募る会社が続出し、どこの会社も、申しあわせたように、「四十五歳以上」という条件をつけた。どのような規準で「四十五歳以上」としたのかはいまもって不明だが、経営者からみると、四十五歳以上は、給料が高いわりには生産力が伴わない効率の悪い社員であったのだろう。社として採算点があわなくなる分岐点が四十五歳だった。これは間違った判断で、四十五歳以上の有能な社員が会社を見捨て、企業は方向性を見失い、さらに業績は悪化していった。四十五歳以上の人に玉石《ぎょくせき》がいるのに気がつかなかった。

四十五歳定年は、体力の落ちた企業が自力更生するための手段だった。経営者の立場にたてば、仕事ができないのに高給をとる社員は不用である。人件費を減らして効率のいい経営をしたい。それを経営者はつぎのように説明した。

六〇歳定年で会社をやめた人は、そのあとの仕事をみつけにくい。四十五歳で退職すれば、第二の人生が開ける。実力がある人材を、社は飼い殺しにしたくない。そのため四十五歳でやめる人に退職金を割増しして支払う。会社があと十五年もつ保障はどこにもないが、人生は長い。四十五歳で割増し退職金を得て、新天地へむかう人を社は歓迎し、支援する。

これは、四十五歳以上の社員に対する戦力外通知で、つまりは、四十五歳をすぎた人は不用、という認定である。

私は社をやめるとき、雑誌編集長であったから、それなりに登り坂にいる、と自認していた。体力にも自信があったし、まだまだやれるという気力があったが、四十五歳までにはあと六年しかない。さてどうしようか、と迷った。

迷ったあげく、自分で自分をリストラしたのだった。頭の中に「下り坂を生きる」という直感が走った。それで、三十九歳で、希望退職の仲間入りをした。

しばらくは失業保険の給付を受けて生活しようとしたが、そのころの職安（職業安定所・ハローワーク）は、なにかと難癖をつけて、金を支払わない。職安の担当者が指示した会社へ行って面接を受け、その結果を持ち帰って来いといわれた。職安が提示した会社は、老人用ベッドの、セールス会社だった。職安の担当者が、私の「高給」に腹をたて、「いまどき、そんなに高い給料を払う会社はありませんよ」と嫌みをいった。ここに至って、それまで勤めていた会社が、どれほど厚遇してくれていたかに恩義を感じたが、引き返すわけにはいかない。この世の現実を思い知らされた。

しばらくぶらぶらしているうち、たちまち貯金が底をついた。私は、中学生のころから西行や芭蕉にあこがれ、放浪生活願望があった。大学で専攻したのは中世の隠者文学で、卒論は鴨長明であった。長明は神官としての栄達をねがったが、果たせずに隠遁した。挫折によって遁世の生涯をおくった。

学生のころは、隠者の過酷さは頭だけでわかったつもりでいた。それが現実の課題として自分の身にふりかかった。

登る山の高低は人によってさまざまだが、一定の山を登ったあとに下り坂がくる。そうと知れば、もう少し登ってからやめればよかったのかもしれないが、私の頂点は、せいぜい編集長どまりだろう、というぐらいの判断はついた。

鴨長明は、山中に隠れてからも都の栄華が忘れられず、たびたび都に出かけて再就職を試みた。長明の隠遁は怨恨によるもので、出家してからは、怨恨の思いを浄化することにつとめ、その格闘が『方丈記』となった。下り坂で繁盛した人である。

「北面の武士」として鳥羽院に仕えた西行は、出家するときに、とりすがる四歳の娘を縁の下に蹴とばした。かわいい娘を蹴とばすとはとんでもない父親だが、失業して野《や》に下るときはそれぐらいの覚悟が必要だ。

失業した私は、友人と小さな出版社をたちあげた。スーパーの八百屋の木造二階倉庫を改造したボロ社屋で、そこは貧しいながらも、鴨長明の庵を連想させる風雅な隠れ家であった。

やけっぱちで野に下ったのに、それがかえって評判をよび、なんだかんだと繁盛してしまった。

たちまち「下り坂は商売になる」と気がついた。日本人は、下り坂が好きなのである。そうこうするうち四十五歳になると、三十九歳のときにもまして多忙な日々となった。いくら多忙でも友人たちと作った会社なので楽しくて仕方がない。盆も正月も休まずに働いていた。

しかし、好事魔多しの譬えの如く、吐血して失神して病院へおくられて死にそこなった。四十五歳定年説を地で体験するはめに至った。このときはいささか反省して、これからは「下り坂」をゆっくり降りようと決意した。三十九歳の失業は崖から落ちる快感だったが、一度落ちると上り坂志向の野性が復活して、這いずるように崖を登っていたのだった。

上昇志向というのは、人間だけに課せられた罪業である。自分では下降しているつもりなのに、いつのまにか、なにかをしでかしてやろうという野心がふくれあがる。鴨長明の隠遁は、怨恨の思いは浄化したものの、人間の業《ごう》からは逃げられなかった。メラメラと燃える野心が生きていく宿命である。

吐血して一命をとりとめ、病院のベッドに横たわりながら「いまが一番だ」と感じた。死界のふちに片足を突っ込み、ふみとどまって生還したことが不思議だった。今度こそ、商売っ気を捨てて、俗世間から足を洗おうと考えた。

回復すると遊ぶことに熱中した。遊ぶことは企画力がいる。どうやって遊ぶかは、仕事をするのと同程度に難しく、できあいの遊びでは満足しない。とりあえずはローカル線に乗って山の湯をまわり、すすけた宿に泊って、破れ障子の穴から、山の景色をながめた。ゆるゆると湯につかるうち、困ったことに、仕事の本能がよみがえるのであった。それは、下降志向をどやしつけるように、胸の奥から突きあげてくる衝動だ。

私の世代は仕事中毒（ワーカホリック）と呼ばれ、なにか仕事をしていなければ気がすまないようにできている。晴耕雨読酒池肉林暴飲暴食となり、自分をコントロールできない。山の湯につかって、月をながめ悠々自適の日々を過ごすと、五年間であきてしまった。暇つぶしに陶淵明《とうえんめい》の詩を読んだ。

陶淵明は中国の詩人（三六五〜四二七）で、没落家庭に生まれて貧しい少年時代をおくったが、二十九歳からミルミル出世して彭沢《ほうたく》県の知事になった。ところが四十一歳のとき、郡からやってきた行政査察官にうるさいことを指示されて、「えーい、面倒だ」と、やめてしまった。そのときの詩が「帰去来の辞」である。

それからは田舎へひっこんで、酒を飲んで暮らした。隠遁生活本家の人で、西行や芭蕉も、陶淵明に学んだ。

「帰りなんいざ、田園まさに蕪《あ》れなんとす」の一句が有名だ。

「さあ帰ろう、世間との交わりをたって」という心境は、会社勤めの戦士たちが共通に抱く感慨である。会社という組織のなかで、人間関係にいらだちながら働くことに疲れ、余生は田園で暮らしたいと願う。これぞ下り坂志向である。

「自分の肉体がこの世にあるのは、もうそんなに長くない」という陶淵明の独白は、年をとるたびに胸にしみいる。「天気のよい日は散歩をして、畑仕事をして、丘に登ってのんびりと口笛を吹こう」と陶淵明が書いたのは四十代である。四十五歳定年説の根拠は案外このあたりにあるのかもしれない。

そう願ったものの、私には帰る故郷がなかった。故郷は東京で、家のローンもすんでいない。どこかの山地へ住もうとしても、就職口があるはずもなく、生活していくことができない。田舎には田舎の生活習慣や掟があり、それになじむのは容易ではない。

淵明は知事を辞して田舎へ隠遁したとき、さして生活に困ることはなかった。淵明が隠棲した家は、土地は七百坪ほどの広さで、草ぶきの家屋が八、九軒あり、妻と五人の子どもと住んでいた。淵明はそれでいいが、気になるのは父につきあって隠棲した五人の子のほうである。

家の裏手には楡や柳、庭先には桃があり、桑の木の上で鶏が鳴いている。どう見ても庄屋級のぜいたくな暮らしである。

淵明の友人に顔延之《がんえんし》という、のちの始安大守がいた。顔延之は連日のように淵明の家へ寄って酒を飲み、去り際に二万銭を置いていった。淵明はその金をすべて酒家へ渡して、少しずつ酒を受けとっていたという。六十二歳で死んだのは酒の飲みすぎである。

こんな父親のもとで過ごした子は、淵明没後はどうやって社会的自立をはたしたのであろうか。現在ならば、偉大な隠遁者の子は親の印税や書画を売って、記念館など建てて入場料収入で優雅な生活をするが、淵明の子はそんな気のきく商売はできなかった。

日本の隠者は、西行にせよ吉田兼好にせよ、鴨長明にせよ、原則は一人暮らしである。淵明の場合、貧乏が風流になった。百姓ならば貧乏は悲惨そのものである。

風流と貧乏は紙一重だ。

友人に五十歳で会社をやめ、田舎でペンション経営をした人がいるが、あまりの過労のため二年後に頓死してしまった。体力屈強な山男であった。この世に第二の人生なんてものは存在しない。人生は山あり谷ありのなだらかな一本線で、ずっとつながっている。頓死した友人は、風雅を求めても、貧乏な生活は断ちきれなかった。ペンション経営などせず、山小屋で貧乏暮らしをすればよかったのである。

歳をとったら町に住め。

隠居するのは町が一番である。近くに居酒屋、コンビニ、銭湯、病院があり、人間がいっぱいいるほうが目立たない。友がいるし書店や図書館や映画館があって新聞も宅配される。

だれもが自分が死につつあるということを自覚しているわけではない。死は意識の彼方に蜃気楼のようにぼんやりとあるもので、生きているときは、死なんて忘れている。大切なことは死に至る過程で、これが下り坂を生きる極意といっていいだろう。

私はワープロを使わない。パソコンも持っていないし、インターネットにも興味がない。原稿はすべて手書きである。忘れた漢字は、辞書をひいて調べ、一字一字原稿用紙に書きつけていく。思考するときは文字を書く。パソコンを使うと思考が蒸発してしまい、蓄積されない。文字を書いて思考する。

「時流から取り残される」とは、なんと素晴らしいことだろうか。取り残されてこそ自分があって、生きてきた甲斐があった。いまの時代は時流がいっぱいあって、中高年世代には取り残される条件がそろっている。それなのに、インターネットにはまりこんで時流にとりこまれるのは、とんでもないことである。

私が「下り坂の極意」を体感したのは、五十五歳のときの自転車旅行からだった。自転車で、芭蕉の『奥の細道』を走破した。いっぱいある仕事をうっちゃって、ダラダラと自転車旅行をして、芭蕉の呼吸を追体験した。

登り坂がきつかった。五十歳をすぎると、若いころの体力はなく、たいした坂でもないのに、自転車から降りて引いていく始末だ。国道はトラックやバスの大型車輌が多く、追いこされるときは風圧でふっとばされ、命がけの旅であった。ぜいぜいと息を切らして登るときは、周囲の風景が目に入らない。ひろい国道をさけて町なかの細い道に入ると、そこは抜け道になっていて、地元の自家用車が猛スピードで走り、はね飛ばされそうになった。

登り坂は苦しいだけで、周囲が見えず、余裕が生まれない。どうにか坂を登りきると、つぎは下り坂になる。風が顔にあたり、樹々や草や土の香りがふんわりと飛んできて気持がいい。ペダルをこがないから気分爽快だ。そのとき、

「楽しみは下り坂にあり」

と気がついた。光や音や温度を直接肌に感じた。鼻歌が出る。なだらかな下り坂をゆっくりとカーブしながら進む快感があった。

しばらく走ると小さな坂に出る。坂を下ったスピードを殺さず、一気に登っていく。登りつつ「つぎは下り坂だ」とはげましている自分に気がついた。下り坂を楽しむために登るのである。

人は、年をとると「まだまだこれからだ」とか「第二の人生」とか「若い者には負けない」という気になりがちだ。そういった発想そのものが老化現象であるのに、それに気がつかない。下り坂を否定するのではなく、下り坂をそのまま受け入れて享受していけばいいのだ。

マウンテンバイクで、カナダのスキー場のてっぺんから走り降りたことがある。スキーはもともと下降志向のスポーツなのだが、夏場はリフトで貸し自転車を運べるよ

うになっている。マウンテンバイクは林間コースを走る。というより、山の細道がスキーの林間コースとなっているわけだから、スキーのコースが山の細道を応用している、といったほうが正確だ。

それでも崖のような急斜面があり、ブレーキをかけながら命からがらで降りた。ひとつ間違えば崖からまっさかさまに落ちて、転落死となる。降り終ったときは、手のひらが赤く腫れあがっていた。下り坂は命がけだ。どうやって人生の下り坂を降りていくかは、そう容易なことではなく、細心の注意と技術が求められる。

人の一生は、下り坂をどう楽しむか、にかかっている。これを習得するためには、若いころより訓練しておかねばならない。

公園には、下り坂体験に絶好のものがあり、それはすべり台である。すべり降りるために段を登っていく。一度その快感を覚えるとまた体験したくなり、また段を登ることになる。

遊園地にはウォーター・シュートがある。ウォーター・シュートのお兄さんは立ったままで、下の池に落ちる瞬間に、ぽーんと飛びあがる。あの呼吸は、下降快感ショーといってよい。

ダイビングを体験したことがある人は、海底深く沈んでいくときの下降感覚の快感を知っている。海の底に沈み、浮遊する時間は、地上では味わえない次元にあり、下降エクスタシーといってよい。

宇宙の大原則は下降にあり、下ることを自覚した人間は強い。

それで、荷風下り双六なるものを考えた。永井荷風は下り坂志向の文人で、上流の名家に生まれながら、良家の環境に反抗して生涯を終えた。アメリカとフランスに留学し、三十一歳で慶応義塾大学文科の教授となり、佐藤春夫や久保田万太郎を育てた。そのいっぽうで新橋の芸妓八重次《やえつぐ》と情事をかさねて『日和下駄』を書き、三十八歳で教授をやめて、玄関の六畳を断腸亭と命名した。

三十八歳の断腸亭を絶頂（スタート）として八十歳で没する（上り）までの下り坂双六である。三十八歳で『腕くらべ』を書いて一回休み。四十歳は四谷の妓お房を妾としてひとつ戻り、あとはずっと下っていく。

この双六の特長は、ひとつ下るたびに繁盛するところにあり、五十八歳で『濹東綺譚《ぼくとうきたん》』を刊行したときは、大繁盛となる。六十六歳では東京大空襲で偏奇館（自宅）が炎上して三つあとへ戻り、六十九歳で市川へ隠棲してさらに二つ下る。いいですねえ。どんどん下っていく。名声はあがるが、ずり下り、身を隠して浅草へ遊びに出て、ストリップ劇場の踊り子と親しくなって一回休み。

七十三歳で文化勲章を受章して二回休み。世間的な栄誉に包まれるほど反骨の独居生活に潜りこみ、八十歳の吐血死まで、毎日のように浅草に通って下り坂を楽しんだ。これを双六にする。いずれ、私家版「荷風下り坂双六」を木版で刷って出すつもりだ。という次第で、下り龍が、いかなる下向系生活をおくっているのかの御報告として、この一冊ができあがった。人生はアミダクジの如し。右へ曲り、左へ曲り、ギザギザに下って、さて結果はどこへ行きつくのであろうか。

PART1 楽しきかな輝ける「下り坂」の日々

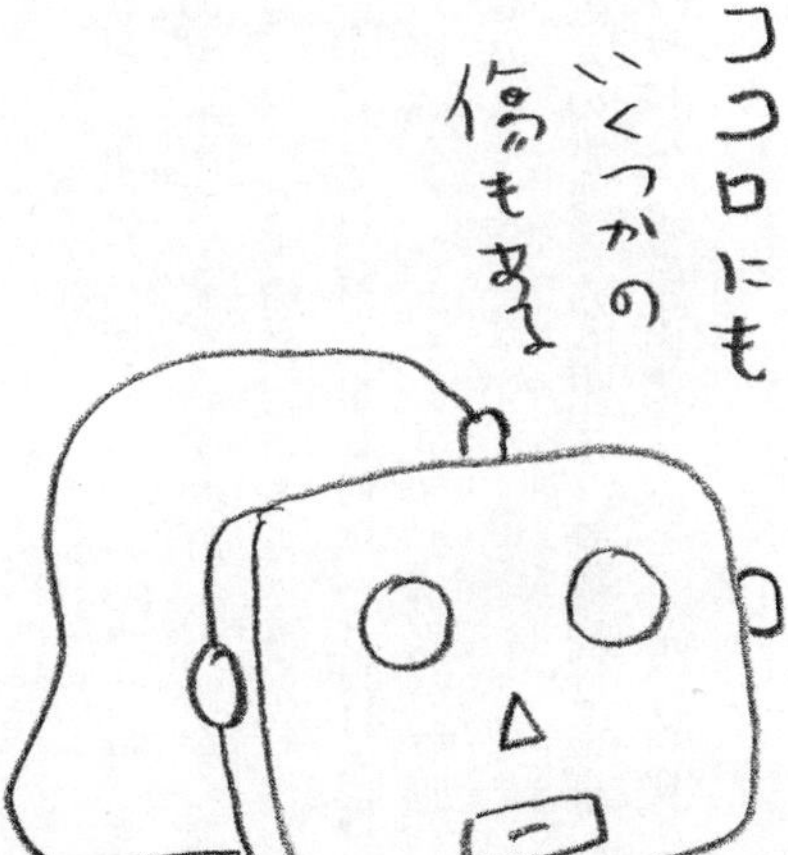

東京を船で旅する

東京の町を船に乗ってぐるりと一周した。これがいいんですね。まるで次元の違う異界にもぐりこんで、ムカシの東京が姿をあらわす。町を内側から覗きこむ。高層ビルが建ち並ぶいまの東京が、薄っぺらな虚構都市であることがわかった。

主催は「江戸東京の川再発見実行委員会」（事務局は「月刊日本橋」）という舌を嚙みそうな名前の団体だが、その他いろんなボランティア団体が参加する年に一度の川遊びである。中央区が後援している。

船は午後一時に、日本銀行近くの常盤橋から出る。常盤橋は家康が江戸に入府した天正十八年（一五九〇）に架けられた。常盤橋に行くと、堀で釣りをしている人がいるのに仰天した。

三十人乗りの船が六艘出て、わが一団（坂崎重盛、南伸坊、岡部憲治ら八名）は、大松騏一氏の案内放送がある船に乗りこんだ。「神田川芭蕉の会」の酒井憲一会長もおられる。酒井、大松両氏は『芭蕉庵桃青と神田上水』（共著）という名著を刊行し、芭蕉がかかわった水道工事に精通している。東京の河川をすみからすみまで調べていて、やたらと詳しい。

船はまず日本橋川をスイスイと進んでいく。川の上を高速道路が覆っているため、こんなふうに川が流れていることは知らなかった。興奮して胸が高鳴った。ふだん見なれた町を、水路から見あげると、まるで違うことに驚いた。

白山通りの一ツ橋は、家康が入府したとき、この地に一本の丸太橋が架かっていたのがその名の由来。雉子橋《きじばし》は将軍家が、雉子を飼っていた地にある。え、こんな場所に雉子がいたんですねえ、と一同は顔を見あわせた。川沿いに江戸時代の古い石垣が残っていて、身を乗り出してジロジロと観察した。

宝田橋、俎橋《まないた》（靖国通り）、堀留橋《ほりどめ》などをくぐってJR中央線の橋の下に出た。さらに三崎橋をくぐると、そこから神田川になる。

後楽橋の横は東京ドームで、あれれれ、どうなっているのかわからない。見知った町の風景だが、水路のつながりが不思議である。

そのさきは水道橋で、ここは神田上水の木樋を通した橋があった。江戸っ子がガブガブ飲んで自慢した水道である。いつもは中央線の電車から見下ろしている深い谷を下から見あげると、江戸の目玉になる。

お茶の水橋の横がJR御茶ノ水駅である。高林寺から湧き出た清水が、二代将軍秀忠の茶の湯の会に用いられたことに由来するという。なるほどねえ、大松氏の名調子に聴きほれて聖橋《ひじり》をくぐった。

この一帯を仙台堀といい、仙台藩が工事を担当した渓谷である。徳川家にとっておそるべき敵は伊達家であり、米は獲れるし、貿易で財をなしている。仙台藩の財政をいかに消費させるかが、徳川家の政策であった。芭蕉の「奥の細道」は仙台藩探索という目的があった。風雅な旅を装った伊達家調査である。日光造営と仙台堀工事の出費で、仙台藩の財政は苦しくなった。

うっそうと繁った谷にはでかい青大将が生息するという。同行したミチ子姐さんがキャ、蛇は大嫌い！ と叫んで金井姐さん（筑摩書房）にしがみつくが、なに、本物の蛇を見たわけじゃない。浅生ハルミン（イラストレーター）は「あら、蛇を見てみたいわ。蛇ちゃんはどこにいるの。ニョロニョロ……」と平然としている。橋をくぐるたびに一同は大騒ぎで、「テメーラ、少し静かにしろ」と叱った。

万世橋をくぐってJR山手線の橋をすぎると左手に秋葉原駅がある。ザブザブと進むと右側に柳森神社が見えてきた。和泉橋、美倉橋、左衛門橋をくぐれば浅草橋。浅草橋は江戸三十六見附のひとつで、浅草御門の跡地だった。

やたらと橋がある。江戸は水の都市であったから、そこらじゅうが橋だらけ。柳橋は元禄十一年（一六九八）の創架で、八代将軍吉宗の命で南側の土手に柳が植えられた。柳橋といえば花柳界の町で、テトシャーンと三味線の音が聞こえてきそうだが、こないね。だって日曜日の昼なんだから。

なじみの町だが、水路を移動すると、道すじがこんがらがって、迷路の糸をほぐすのに苦労する。

柳橋をすぎると隅田川に出た。川面《かわも》に吹きつける風が強く船は木の葉のように大きく揺れた。そういや大川橋蔵という役者がいたな。『新吾十番勝負』シリーズで活躍した二枚目だった。晩年はテレビの『銭形平次』に出ていた。本名は丹羽富成っていうんだが、大川橋蔵とはうまい芸名をつけたもんだ。と講釈するがだれも聞いていない。

浜町河岸（旧料亭街）を右に見て新大橋をくぐる。新大橋といったって元禄六年の創架で、両国橋（大橋）についで架されたので「新」の字がついた。

隅田川を左へ入ると小名木川になる。小名木川入口には芭蕉庵があった。芭蕉は小名木川に船を浮かべて句会を興行した。川っぷちに芭蕉像がある。じつは芭蕉庵から、伊達藩からやってくる千石船を監視していたんですよ。と教えてやったが、だれも聞こうとしない。

まず萬年橋をくぐった。このあたりは芭蕉が隠棲したころは緑したたる水郷であった。その様子は長谷川雪旦《せったん》画の「江戸名所図会」や、勝川春章画の「深川八景」にある。広重の「名所江戸百景」にも出てくる。

広重の浮世絵でよく知られる「深川萬年橋」は、手前に亀がぶらさがり、橋の欄干《らんかん》ごしに隅田川が見え、白い帆かけ船が浮いている。背中ごしの船頭、奥には富士山。いいねえ。

小名木川は江戸に入った家康が最初に手をつけた開削工事であった。行徳《ぎょうとく》で生産された塩を、直接江戸城へ運ぶために開削した。江戸の海は泥水で塩はとれない。芭蕉の時代は、仙台藩から、千石船が米を運んでくる水路であった。つまり江戸の生命線である。

芭蕉が日本橋から深川へ隠棲したのは、巷間伝えられるように「点者生活がいやになった」というようなきれいごとではない。

芭蕉は神田川上水工事のためスカウトされて江戸へきた。水道開削が本職で、俳諧は余技である。小名木川沿いに住居を替えたのも、それと関連があり、芭蕉は幕府の指示によって深川へ移転した、と私は考えている。日本橋と深川は離れているように見えるが、水路ならば近い。

隅田川から日本橋川へはさほど遠くない。それを体感するためもあって、この船に乗った。ざぶざぶと川の音をききながら悦にいった。

さて、船は小名木川へ入り、高橋、西深川橋、東深川橋、大富橋、新高橋をくぐって大横川を過ぎ、扇橋閘門《こうもん》に出る。運河の水量調節用の堰《せき》である。

水位が三メートル上下する。これが面白いんだな。鉄扉を開閉して水位を変える。昭和五十二年に造られた閘門だ。

小名木川を往復して隅田川に戻り、清洲橋、隅田川大橋をくぐって、永代橋手前を右へ入ると、日本橋川に出る。いったい、いくつの橋をくぐったかはわからぬが、三時間かけて一周して、常盤橋に戻った。

東京には橋のつく地名が多いことに、いまさらながら気がついた。水路から見る東京は、まるで別の都市である。道路の概念と、川の思考は違う。

船に乗ると、盗賊の気分がわかった。石垣をよじのぼって千両箱を盗み、船に乗せて逃げたらさぞかし痛快であろう。そういう時代劇があった。川は盗賊の逃げ道なのである。東京の水路地図を作れば盗賊どもの役にたつと思われるが、そういうことはよくないので、刊行するつもりはない。

シャクハラ

宴会に呼ばれて、酒をなんにするかと訊かれた。ビールかワインか日本酒か、なんだっていいが、みなさんがビールというから、ビールにした。どこのメーカーがいいですか。キリンかアサヒかサッポロか、というからサントリーと答えると、サントリーはおいてないという。おいてないならそんなことを訊くな。私は山口瞳さんとよく酒場へ行ったが「サントリー以外は飲むな」と教えられて、ずーっとそれを守っています。

ナマかビンビールか、とさらに訊かれた。ここが思案のしどころで、ビンビールを注文した。

なぜかというと、その店は和食店で、さほど生ビールが飲まれている気配がない。生ビールの使用量が少ないから、「生」の鮮度が気になる。

生ビールは、生ビールがガンガン売れている店で飲むのがよろしい。焼き鳥屋とか居酒屋とか焼き肉屋とか。

お通しにフグ皮の煮こごりが出てきた。

では、乾杯。どーも、どもども。

グビーッ、ああ喉にしみるな。

いろんな人がお酌してくれる。グラスにビールが半分残っているのに注ぎ足されると、コノヤロと思うが、こちらは客だから黙って飲む。

半分飲むと、また、注がれた。接待する側は、客のグラスにビールが残っているのを見ると、注がずにはいられぬらしい。

五杯目を飲みほしたところで、サーモンのテリーヌが出た。いろんな創作料理を出す店で、フランスワインを揃えているという。

じゃ、赤ワインをいただきましょうか。お店がすすめるブルゴーニュの安ワインが出てきた。

仲居が両手でワインを持って、こちらへむけて待っている。ワイングラスを手にとるまで待っている。しばらくそのままブキミな時間が流れた。

あのね。ワインを注ぐときは、自分でグラスを持たないの。これは国際ルールだからね。ビールだってそうですよ。ビールを注いでもらうときにグラスを持つくせがある。そういうのをシャクハラっていうんだ。

オシャクハラスメントを略してシャクハラ。

仲居は、客を接待するときは、ビールだろうがワインだろうが、とにかく注ぐのがサービスだ、とすりこまれている。

飲むほうには、飲むペースがある。ひと昔前のバーのホステスは、ボトルで入れたウイスキーをやたらと注ぎまくった。売りあげをのばすために、グラスがあく前に、すぐ注いだ。しかたなく、ノルマをはたす気分で飲む。

ではシャクハラいたします。といって上役がグラスにドボドボとワインを注いだ。ワイングラスの三分の二ぐらいまで注いだ。

こりゃ注ぎすぎだ。いっぱい注げばいいってもんじゃないんですよ。ワイングラスには、五分の二ぐらい注ぐのが上品です。

いつのまにか、飲みほしたビールグラスにも、ビールがなみなみと注がれている。だれが注いだんだ。エー、オイ。これがシャクハラだよ。せっかくワインに切りかえたのに、また、ビールを飲めってーのか。

アジの叩きが出てきた。ビールを残すのがいやなので、ビールを飲みほして、グラスをさかさに置きかえた。もう注ぐな、という意思表示である。

ワインのボトルを持った若い社員が、注いで廻っている。みなさん、ワイングラスを手に持つ。

おい、そこの人。グラスを持っちゃいけないの。ワイングラスは必ずテーブルの上に置く、と。外国の店では、ワインはボーイかソムリエが注ぐのがルールです。と講釈すると、ビールだってそうですよ。一杯を飲みほしてから、しずしずと注ぐ。

なんだか自慢しているようで、気がそがれた。

マナガツオの西京焼きが出てきた。焼き皮が月光色にこんがりと光り、香ばしい匂いがした。

ひっくりかえしておいたグラスをもどして、仲居がビールを注いだ。なんて余計なことをするんだ。ビンに残っているビールを使いきるためだ。そうか、さきほど勝手にシャクハラしたのもこいつだな。

そんなビールが飲めるか。もう、ぬるくなってんじゃないの。

部長が小声で「お酒にしましょうか」という。ヒラメのお造りが出てきたので、日本酒に変えた。

あれこれと飲むのはよくないが、御馳走されてるんだから、どうだっていいや。

出てきたぬる燗を、部長が注ごうとしたから、おちょこを手にした。飲むというよりなめるほどにした。

ぬる燗なのに舌のさきがぴーんとしびれる。

じゃ、もう一杯。と課長が注ぎにきたから、いや、あとは自分で酌をする、と断った。そうおっしゃっても、一杯だけ、と課長は強引に注いだおちょこの酒は、量が少ないので、すぐ飲みほしてしまう。

つづいて係長に注がれ、係長補佐に注がれ、若いあんちゃんに注がれて、酔いが廻ってきた。

ビールを注ぐなって言ったから、日本酒で仇をとろうてんだろ、おめーら。注ぐなってーの。

日本酒を注ぐ注がれるって関係は、男女の性愛関係が暗示されてんだぞ。わかってんのか、ウイー。もっと酒を持ってこい。ヒヤでいいんだ、ヒヤで。おちょこはいらねえよ、こうやってコップに注いで、すーっと一気に飲むんだ。べらぼうめ。で、ヒラメのお造りをちょっといただいて、と。養殖のヒラメだな、あたしゃ釣りをしてるから、すぐわかるんだぞ。ヒラメのくせに脂くせいや、すっとこどっこい。日本人は人前でキスをしないだろ。そのかわりにお酌をするんだ。お酌は男女関係のシミュレーションですよ。でありますから、えーと、なにを言ってたんだっけ、あ、シャクハラか。

お酒を注ぎあうのは、性行為と同じなんだぞ。無理にお酌をするのは、シャクハラになるんだあ。どうひてくれるんら。

あたひゃ、おやじのお酌なんて拒否しますからね。お酌してもらひたひのは、身をもてあましているフリーの人妻らあ。お酌していい人悪い人、ってね。

ここらで、焼酎飲みてえな。芋焼酎をコップ半分下さいな、ウイー。お湯は、ここのポットの上を押しゃあいいんだな。

あちちちち、あちーじゃねえの。なんだってお湯はあちーんだ。きみ、説明したまえよ。

え、なんだって、あたしの方がシャクハラだってーの。コーシャクハラスメントを略してシャクハラか。

うるせえな。こちとらは、コーシャクだけで生きとんじゃ。こうなりゃ、おめえらが死ぬまで、コーシャクしまくるぞ。うぃー。

ゴキブリとの決闘

ゴキブリが出てきたから片っぱしから退治することにした。古新聞を丸めて筒状にして叩くのだが、そんなことをしているうちにゴキブリは逃げてしまう。ゴキブリは、見つけたら即座に叩かなければいけない。そのため読みかけの新聞で叩く。丸めている余裕はなく、見つけた瞬間に体が動くようでなければいけない。

面白い記事を読んでいるときが困るのだが、記事を「さらに読みたい」とためらう心に油断が生じる。そういう未練が、ゴキブリになめられるのである。

北朝鮮のミサイル発射だろうが、生活に役立つ情報だろうが、いっさいの記事への興味を瞬時に捨てて、ゴキブリを発見すると同時に、反射的に体を動かす。地震がおきたときの対応と似ている。剣豪宮本武蔵の心境になって、邪念を捨てて「剣即ゴキブリ退治」の一心でたちむかう。

最初の一撃では、テキもさるもの、茶褐色のテラテラの羽を光らせて身をかわす。ここであきらめてはいけない。テキは雑誌の山の奥へ逃げこむ。雑誌の山を足で蹴散らし、二撃めをくわえる。それでも逃げて、台所の段ボール箱の裏に逃げる。段ボールを蹴とばし第三撃。

あたった。が、テキは足をひきずりつつ、斜めに走ってネギの束の裏へ逃げ込んだ。ケガをした逃亡兵を叩くのは気がひけるが、そんな情をかけている場合ではない。ネギの束をむんずとつかんで、青いところで叩くと、大胆にも台所を横断して玄関方面へ逃亡し、追いかけたら廊下で転んで膝を打った。

イテテテ。痛さをこらえてスリッパをつかみ、エイヤ、パタン。ゴキブリはジグザグZ字状に逃げ、玄関の靴箱に入りそうになった。下駄を投げつけて威嚇し、たじろいだので「カンネンしろ」と怒鳴ったがテキに言葉は通じない。ビニール傘で追いつめると玄関ドアの下にもぐりこんだ。卑怯なやつだと怒り心頭に発し、ドアをあけると、扁平でダエン型のカラダを縮めている。「勝負あったア」と傘で叩くとチョロリと身をかわした。ゴキブリはサラダ油に浸ったように光っている。

「もう許さん」と玄関にあった古雑巾を投げつけるとあざ笑うように道路に逃げた。掃除用のほうきをつかんでとびかかると、宅配便のクルマが走ってきてぶつかりそうになり、「どうなさったんですか」と訊かれた。

うるさい、あんたがきたから取り逃がしたんだ。ゴキブリを見つけてからここまで二十一秒間の死闘であった。家のなかは、そこらじゅうがひっくりかえった。めった打ちにしてゴキブリを取り逃がした無念は忘れがたく、古新聞を丸めてテープでとめて部屋のあちこちに置いたものの、そうなるとゴキブリは出てこない。一度すみっこへ逃げこんだゴキブリは用心ぶかくなる。

油断していると、こちらをあざ笑うかのように出てきて、大乱闘となる。たまにつかまえても、紙のなかでゴソゴソ動くから、つぶして紙ごとガムテープで縛ってゴミ箱へ捨てる。

それでも出てくるので、ごきぶりホイホイを買ってきて組みたてた。仕掛けの底に誘引剤をのせ、足ふきマットを貼った。

ごきぶりホイホイの仕掛けは赤い屋根の家の形をしており、窓にゴキブリの絵が描いてある。つまりゴキブリハウスであって、誘引剤につられて家へ入りこんだゴキブリがくっついてしまう。

ゴキブリが家の窓をあけている絵が、はたしてゴキブリを誘うのに役立つのか疑問であるが、ゴキブリが入ればこちらのものである。

台所、玄関、廊下、書庫、寝室、一階と二階のトイレに配置した。ゴキブリは壁のカドに出てくるのだが、置き場所が難しい。

一夜あけて調べてみると台所に置いた箱に一匹入っていた。二夜あけると台所の箱にもう一匹入っていて「鮎のとも釣り」みたいにおとりのゴキブリがいたほうがいいらしい。

玄関に置いたのは、せんだって取り逃がしたゴキブリをつかまえようというコンタンである。

トイレに置くのが有効かどうか大いに悩んだのであるが、三日めに二階のトイレの箱に小さいのが一匹入っていた。しかし、廊下や書庫の箱には入らない。

ごきぶりホイホイの置き場所で悩んだ。テキが通るカドを予測するのが難しい。で、思いあまって、もう一セットを買ってきて、思いつくまま、あちこちに配置した。

朝、目がさめると、家中に配置した仕掛けを点検して、ゴキブリ退治表をつくることにした。

この結果、一週間で七匹を捕獲したのであるが、乱獲のためか、それ以降は入らなくなった。

ゴキブリが出てこない。効果てきめんで、家にいたゴキブリは姿を消した。といっても、いつ出没するかわからない。ゴキブリも仕掛けを察知して、身をひそめているはずで、仕掛けの横を通りすぎている可能性がある。ゲリラ戦である。

少なくとも、こちらが夕刊を読んでいるときに、デカイ顔をしてチョロチョロと出てくることはなくなった。

そうこうするうち、家にきた客が「おたくはゴキブリが多いんですな」と言った。そこらじゅうにごきぶりホイホイが置いてあって、赤い屋根だから、やたらと目立つのである。

そういわれてみればその通りで、ゴキブリがいないのに赤い屋根の箱があるとゴキブリだらけの家に思えてくる。で、台所のすみの二箱を残して、あとは捨ててしまった。

ゴキブリが出てこないのは結構だが、そうなると淋しいもので、カラダの反射神経が鈍ってきた。家中に丸めた古新聞だけをおいてある。

深夜テレビを見ていたら、モタモタしたゴキブリが出てきて、じっとこちらを見ている。さあ叩いて下さい、という感じで殉教者みたいにじっとしている。この暑さで、ゴキブリも体力消耗しているのだった。

なんだか気の毒になって叩かずにいると、にぶい動きで玄関のドアの下へもぐっていった。

プロジェクト・ゴメン

週に一度は、テレビでだれかが謝罪している。

消費期限切れの食品を売ったメーカーの社長、警察官不祥事を詫びる県警本部長、政治家に裏金を渡したゼネコン社長、金をうけとった都知事、インチキ料理を出したホテル支配人、いじめで自殺した子が出た学校の校長、公害訴訟で負けた各省庁の大臣、はては桜開花予想をはずした気象庁まで、みなさん謝っている。

これでわかったのは、謝り方に企業の格が出ることである。一番よくないのは気合が入っていない謝罪であって「自分は当事者ではないが、立場上頭を下げるのだ」という気持ちが、ちょっとでもみえると逆効果になる。

新社長の頭のなかに「悪いのは前社長である」という意識があると、それがちらりと見えてしまう。あるいは「善処する」とか「遺憾の意を表します」だのと陳謝されても「こいつ本気で謝ってないな」とばれてしまう。

謝罪会見は妙なもので、現場ではテレビのカメラにむかって謝っている。カメラのむこうに世間がいることはわかっているつもりでも、そこが舞台である。舞台なのだから、登場人物は役者ということになる。カメラマンや生意気な記者の態度にいらだって、つい「こいつらに謝るすじではない」という感情が入ると、詫び方が雑になる。そこにすきができる。老舗料亭の女将が社長である息子の横で、耳打ちして指示したりすると、ここぞとばかりそのシーンが映し出される。

頭を下げるきっかけが大切であって、責任者が、ナンタラ、カンタラ、ソレデモッテ、カクカク、シカジカ、と謝罪の弁を述べ、最後に息をつめ、「申しわけありませんでした」というところで一斉に頭を下げる。

そのとき、頭の下げ方が揃っていないと見ばえが悪い。ひとりが下げ遅れると、見ているほうは、ダラケておるな、と腹をたてる。ぴたりとあって頭を下げればすっきりする。

三人にひとりぐらい後頭部がはげている人がいると謝罪に深みが出て、効果的である。まだらはげもいい。

あれは、控室で予行演習をくりかえしているはずだ。頭を下げるきっかけを責任者が、セーノ、と声をかけるわけにもいかず、アウンの呼吸で一斉に頭を下げる。それには稽古が求められる。

かくして御免流家元、頭の下げ方作法の達人が求められる。

かつての会社幹部は、実務のほか、座禅、剣道、茶道、謡曲、小唄、ゴルフ、座敷芸、団交交渉術、密告、情報収集マージャン、囲碁、談合、などの習い事をしたのであるが、いまや、御免流謝罪作法が必須である。

数年前まで、男の甲斐性はNHKテレビの「プロジェクトX」に出演することであった。

――そのとき、鈴木は考えた。このままではわが社の命運を賭けた国交省との談合関係はずたずたに分断される、そして、思いもよらぬ決断をしたのである。

と、ナレーションが入り、老いた鈴木がスタジオに出てきて、ライトを浴びて、静かに話し出す。これぞ男の甲斐性であって、それまでの苦労が報われる。

あの番組がなくなってしまったので、男は、なにをめざせばいいのかわからなくなった。

NHKは、あの番組の後釜として「プロジェクト・ゴメン」を企画していただきたい。これは、年間の名謝罪会見を千件ほど再録して、その年の謝罪大賞をきめるのである。ぶっちゃけた話、謝罪ショーである。いかに謝罪するかが、昔から会社幹部の必須課題であった。攻撃ではなく守備の技術。

いま構想しているのは、謝罪会見の写真と弁明を再録し、不祥事がその後、いかにして沈静、落着していったかの記録である。

謝罪の言葉、表情、風格、貫禄、時間、登場する人数、語調、服。頭を下げる角度は十五度、三十度、四十五度、九十度、といろいろある。言葉づかいや頭髪、眼鏡、視線、涙、ネクタイの色なども関与してくる。

がいして、涙の謝罪は、そのときはうけても、すぐぼろが出る傾向がある。謝罪で、世間を感動させてはいけない。ケムに巻くのはもっといけない。中途半端が一番よくない。

なぜなら、謝罪会見は会社の偉い人の特権であるからだ。いまの教育ママは、子に「あなたは、テレビで謝罪会見するような立派な人になりなさい」と激励するらしい。「うちのお父さんなんか、テレビで三回も謝ったんですよ」。

人様の前で謝罪会見するのは、社会的名声が高い人でないと世間はすっきりとしない。そのうち、謝罪会見をしたいという思いが先にたって、大して悪いことをしていないのに、献金してまで、報道陣の前で詫びようとする人が出る。ヤラセ謝罪である。

謝罪の言葉は、社長室やら広報部や弁護士が念には念を入れて工夫した文面を作る。ただ「ごめんなさい」と謝るのは芸がないから、細心の注意を払って練りあげた言葉を使う。謝罪なれした流暢な弁明もだめだ。

何年か前に他社が謝罪して世間をすっきりさせた文面を模倣すると、謝罪著作権侵害となり、世間の嘲笑をあびる。

基本をおさえつつ、著作権侵害にならぬ詫び方を伝授するのが、御免流の作法である。

各社にいる謝罪担当の役員を集めて、詫び方のコツと作法を、各種事件別に整理して一冊の指南書とすれば、これぞ、平成企業戦士の『葉隠』ともいうべき名著になるであろう。サラリーマンは詫びることと見つけたり。

謝罪する人数を何人にするかが難しい。社長が謝罪し、副社長一人、専務取締役一人、常務取締役二人の計五人が一般的なパターンである。

ヒラ取締役で出たい人もいるでしょうが、ヒラトリが三人も出るとだらける。大会社になると、常務だけで五人もいて、ヒラトリを入れると三十人なんてところもある。

NHKが「プロジェクト・ゴメン」で謝罪大賞をきめるとなれば、大賞を取りたいという気分が先行して、会社員三万人の合同謝罪会見なんてのが登場する。

神宮球場のグラウンドに三万人の社員が勢ぞろいして、テレビカメラにむかって「申しわけありませんでした」と頭を下げれば、これは壮観である。

ショーアップするためには、グラウンドを一周して直立し、新入社員より順番にドミノ倒しをして、前倒れで謝り、係長、課長、次長、部長と倒れていけば、これは一生の思い出となるだろう。

順番に倒れて、最後は社長のところまでいけば謝罪会見はめでたく終了する。ただし、ドジな部長のところでドミノ倒しが止まって、社長のところまで行かないと、せっかくの企画がおじゃんになる。

ケゾリーニ

不整脈が出たので、慶応病院で、心臓カテーテル検査をした。入院前に「へその下から陰部周辺の毛を剃っておくように」といわれた。カテーテルは足のつけね、つまり股のあたりから入れる。

入院前夜遅く、ヒゲ剃り用の三枚刃の剃刀を持って風呂場へ入り、湯をかけてから剃りはじめた。しかし刃に毛がつまって、うまく剃れない。それで使い捨て用の一枚刃にしてみた。

剃りながら、これはケゾリーニだな、と思い出した。

はるか昔、まだヘアヌードが解禁される前「写真時代」という雑誌で、末井昭編集長は、女性モデルのヘアを剃っていた。

剃り役の末井氏は、自らケゾリーニと称しており、そういうのをやってみたい、とうらやましく思っていたが、まさか自分の陰毛のケゾリーニになるとは思ってもみなかった。

一枚刃で剃るうち、キンタマの袋のしわを切りそうで不安になった。ここにいたって、まず、ハサミでおおよその毛を切りとって、それから剃ればいいのだ、と気がついた。

すっぱだかのまま浴室から出て、居間や台所を廻ったが、こういうときに限ってハサミはみつからない。おーい、ハサミ。ハサミ出てこい！ と叫んでも出てこない。こうなったら、隣家まで歩いて行くしかない。書斎は隣家の二階にあるのだ。

タオルで前を隠し、下駄をはいて外へ出ると、若いねえちゃんが歩いてきた。

こんな姿を見られたら、なんと説明すればいいのか。電柱の裏に身をひそめてやりすごし、隣家のドアを開け、廊下を走りぬけ、階段を上ってハサミをとったところで、「だれかいるの」と老母の声がした。いや、すぐ帰る、といって、タッタッタッと自宅へ戻り、風呂場へ入ろうとすると、妻がおきてきて、なにやってんのよ、という。

ケゾリーニだよう、いちいちうるせえな。

チョキチョキと毛を切りつつ、白い毛がまじっているのに気がついた。ああ、わが股間にもすでにシルバーヘアーがしのびよる。

ふたたび三枚刃で剃りはじめると、チクチクと痛いので、シャンプーを毛にかけて剃った。剃りはじめると面白くなり、下から剃りあげて、ツルツルになるようにした。

困ったのは袋の毛であって、皮がちぢんでいるため指でひっぱって、平らにしないと剃れない。

一本、白い毛の長いのがあったから、指でつまんでひっぱると、富士山みたいにさきがのびて、エイヤッと抜きとったら、痛いのなんの、目玉から涙が出た。

ここで、新しい三枚刃にとりかえた。やっぱり新しい刃のほうが切れあじがいい。ジョリジョリジョリジョリ。調子にのって剃っていると、イテテテ、袋のはじを切ってしまった。さわってみたらちょっと血が出たから水道で洗った。

なにか消毒するものはないか、と見わたすと、歯みがきチューブがあったのでぬりこんだ。

ヒヤヒヤして気持ちがよくて、刺激されて、チンポコがたってきた。おーっ、まだ使えるのだ。使うチャンスがないだけだ。感動してもうちょっと塗ると、ビーンとボッキしたので、拍手してしまった。

しばらく湯につかってさわってみたら、まだ毛が残っている。カテーテルの管は二ミリほどというから、一本でも陰毛があるとよくないらしい。こうなったら徹底的に剃ってやるぞ。

浴室の棚に洗顔クリームがあったので、かいでみるといい匂いがした。今度はクリームを塗って、念入りに剃った。

ツルツルに剃るまで一時間かかった。湯で洗い流してから、剃刀負けしないように、洗面所でアフターローションをぬった。ふんわりと甘い香りがした。

だが待てよ、手術するところにこんな匂いがたちのぼるのは医師に対して失礼ではないか、と反省して、シャワーで洗い流した。

鏡の前に立つと、毛が生えてないツンツルテンのチンポコが映り、小学生のころを思い出した。陰毛が生えたのは、たしか中学二年のころであった。チョロチョロッと生えてきた陰毛は「これで大人になれる」という、嬉し恥ずかしの気分だったが、もう五十年以上前の記憶である。

慶応病院に入院した日の夕方、若い看護師さんがふたり部屋にやってきて、「陰毛は剃りましたか」と訊くので、胸をはって「はい」と答えると、「見せて下さい」といわれた。

パジャマごとズリッとさげて「ほら、この通り」と見せつつ、道路でこういうことをやる性犯罪オヤジがいるな、と思った。

病院新棟の窓からは神宮の森が見え、新緑の樹々が波うっている。窓のすぐ下をJR中央・総武線と高速道路が走っている。夜になると、左手に神宮球場のライトがつき、ヤクルト対阪神戦、右手は国立競技場のライトがつき、サッカーの試合をしていた。

ホテルにいるようでとても病人気分になれず、「毛がのびて来ないだろうな」とパジャマをずりおろしたら、心臓カテーテル班の担当医師がきて、脈やら足のつけねを調べた。

テレビをつけると、NHK教育テレビで、「きょうの健康」を放送していた。「見逃すな! 危険な不整脈」という番組だから、こりゃちょうどいいと見はじめると、なんだ、診察してくれた小川先生ではないか。病室のテレビで主治医の講義をきくなんて、なんともぜいたくであった。

カテーテル検査は、翌日の午後一時から始まり、四十五分ぐらいで終わった。足のつけねからではなく、右腕の手首からの注入で、あっけないほど早く、痛みもなかった。つけねから刺しこまないのなら、陰毛を剃る必要はなかったが、ま、いいか。

心臓に、さしあたっての異常はなく、三泊四日で退院した。カテーテルを入れた手首に、蚊に刺されたような斑点が残った。

スパポン

病院を退院する前日に、担当医がカテーテル検査で撮影した心臓の写真を八枚見せてくれた。造影剤で心臓の血が黒い筋を作っている。ひとめ見たときは、アマゾン河みたいだと、思った。

二年前、アマゾン河口のベレーンから、四人乗りの軽飛行機に乗って、トメアスまで飛んだ。大河が蛇行し、そこかしこから細い支流が密林に入りこんでいた。

わが心臓は密林であって血の川が流れていることがわかった。さらに別の写真を見ると、何か毒虫のような模様がついていた。サソリである。

血脈がサソリの形になっていて心臓にへばりついている。造影剤を心臓に注入したため、血脈がいろんな形となって写っていた。そうか、わが心臓はアマゾンのジャングルで、大河が流れ、サソリが棲んでいるのだ。

そうと知ると、なにやら不遜なる自信がわいて、これからは、サソリジジイで生きよう、と考えた。

私が「不良中年」を提唱したのは、五十歳になったばかりであった。五十歳からはぐれにぐれて、「マジメ人間よ目ざめて不良になれ」と説いた。「老いては色欲にしたがえ」「バクチは人生の教科書である」と不良中年の心得と技術を伝授し、自らもそれを実践してきた。

同調する者が続出し、骨ある中年男性は、ミルミルぐれていくことになったのだが、六十五歳を過ぎると、もはや中年とはいいがたく、心臓にサソリが棲むジジイに化けた。

肉体は下り坂でポンコツと化していく。かくなるうえはスーパー・ポンコツ（略してスパポン）になり、

①老人の獣道をゆく。（もともとの路線）
②ゲーム感覚の人生。（行きあたりばったり）
③やりたいほうだい。（ひとりの敵を作らぬ人は、ひとりの友も得られない）
④ねえちゃんは蚊とみなす。（女の子を連れて六本木ヒルズでのお食事から得るものは誤解だけである）
⑤下り坂をおりる工夫。（企画力がない駆けおりは転ぶ）

⑥消耗品としての肉体を自覚する。(ケガするから)
⑦一日単位の勝負。(負けを翌日にもちこさない)
⑧弁解せず。(面倒くさい)
⑨放浪へのはてしなき夢。(廃墟願望)
⑩名誉の蜃気楼を追わず。(見苦しい)
⑪未練は捨てる。(悟ったらすることがない)
⑫いつ死んでもいい、という覚悟。(ひらきなおり)
⑬しかし悟らず。(終ったことは仕方がない)
⑭ガンを告知されても「闘病記」なんて書かない。(世間に害悪をもたらす)
⑮落語は談志だけ。(ときどき志らく)
⑯小利口な若僧をぶっとばす。(いまの新入社員世代は「従順、小利口、ミズスマシ」である)
⑰議論せず。(時間の無駄)
⑱安穏な社会生活を拒否。(ぐれる)
⑲頓着せずに享楽する。(町の暗がりに身をひそめる)
⑳時の流れに身をゆだねて生きる。(チャランポラン)

㉑無理をせずメチャクチャでいく。（そのまんま）
㉒世間の無常を知る。（期待しない）
㉓いらだって生きる。（いらだちが生命のもと）
㉔自由契約亭主となる。（放し飼いの亭主）
㉕孤立を怖れず。（自分本位の宿命）

と、ここまで考えたところで坂崎重盛より電話があり、神楽坂のバー「トキオカ」で飲んでいるから来い、という。紙に、

スパポン。

と書いて持っていくと、なんだそりゃ、と坂崎旦那も乗り気になって、

㉖スキのある服装。（ヨレヨレ）

が加えられた。スパポンは古着とドタ靴でいけ。ジゴロのホストクラブのあんちゃんみたいな高級服は着るな。北海道の網元がぞろっと着物をはおっているほうがサマになる。村長が着ている着物の下から、チラリとラクダのモモヒキが見えているほうが色気がある。

スパポンよりはウルポン（ウルトラ・ポンコツ）のほうがいいんじゃないか。タビするポンコツでタビポンはどうか。プンプンしているプンポン。ニッコリ笑ってニッ

ポン。グレたポンコツでグレポン。バカボンじゃなくてバカポン。(バカなポンコツ)。

店の主人がイロポン(色っぽいポンコツ)はどうですか、という。

クロポン(苦労するポンコツで、ジジイはつらい)

ダラポン(ダラダラ生きるポンコツ)

ブラポン(ブランド系ポンコツで、女にもてそう)

ヒロポン(疲労したポンコツで、こりゃだめだな)

パソポン(パーソナル・ポンコツでマニア向け)

マイポン(マイウェイで生きる自営系ポンコツ)

キンポン(筋肉リューリューの体育会系ポンコツ)

ワンポン(犬好きのポンコツ)

ニャーポン(猫が生きがいのポンコツ)

スッポン(すっぱだかで生活する稲垣足穂的ポンコツ。スッポン鍋を好む)

ピンポン(ピンピンしているポンコツ)

アンポン(アンダーグラウンド系ポンコツでアンポンタンに通じる)

ポンポン(腹をポンポンと叩くポンコツ)

プミポン(タイの王様の名だから使えませんな)

タンポン（単純なポンコツだが、女性生理用品とまちがわれるから却下）
サンポン（散歩好きのポンコツ）
といくつか出たが、やっぱり、
スパポン。
これですよ。なにしろ心臓にサソリを飼っているんだからな。
どっちみちポンコツなんだから、せめて生きてるうちは、老人の獣道をいこうじゃないの。とシェリー酒をおかわりした。

待つわ

ANA便にはスーパーシートがあるので、旅するジジイとしては、ゆっくりと眠れるところがありがたい。

席につくと、スカイ・オーディオのイヤホーンを耳につけて、聴きながら、眠ってしまう。シートは倒さないし、飲料のたぐいも飲まずに眠る。

9チャンネルで、青春歌謡グラフィティという番組をやっていて、ザ・ワイルドワンズの「想い出の渚」（一九六六年）が流れてきた。七月はシンガー・ソングライター特集で、歌手が自ら作詞作曲した歌をあつめた企画である。パーソナリティは梶原しげる。

「想い出の渚」は、メンバーの加瀬邦彦と鳥塚繁樹らが作詞作曲したオリジナルで、耳をすますと、心が踊り出した。ジジイだって渚を駆け出したくなる。

いい気分で聴いていると機内放送がはじまり、音楽が中断した。

前席の背にある「安全のしおり」をお読み下さい。機内に酸素が必要なとき、酸素マスクが降りてきます。手荷物はお座席の前の席の下に置いて下さい。携帯電話は飛行機の運航に障害をきたすおそれがありますので、御使用できません。携帯電話の電源はお切りいただきましたでしょうか。

毎度おなじみの定番機内放送であるが、このスチュワーデスはおっとりしたお嬢様らしく、やたらとゆっくり話す。やっと終わったかと思ったら、つぎは英語の放送だった。

機内放送により、荒井由実の「海を見ていた午後」が聴けなかった。鼻声の英語放送が終わったところで、荒木一郎の「空に星があるように」になった。これも一九六六年に流行した曲で、荒木一郎はこの曲でレコード大賞新人賞を獲得した。

もう四十年以上がたったんだなあ。何度聴いてもあきない曲で、荒木一郎のなみなみならぬ才能が感じられる。荒木一郎は甘い声でこの曲がヒットした三年後に婦女暴行事件（不起訴）をおこした。一九六六年は、時代が湯気を出して沸騰していた。

中国では紅衛兵が文化大革命で暴れて、小説家や学者やミュージシャンをいためつけて喜んでいた。バカヤローめ。

日本にはビートルズがやってきて、公演する武道館には八千人余の警察官が配備された。武道館の一階席を封鎖して、客は頑丈な鉄柵がついた二階席に収容され、六千五百人の少年少女が補導された。

いやはや、いろんな事件がおこった年なのだ。そんなことを思い出しながら、「空の星」になった気分で夜の飛行機に乗っている。

また機内放送がはじまり、中島みゆきの「時代」(一九七五年)が中断された。ブッ切りのスカイ・オーディオである。

機内ANAのオリジナル商品を販売しておりますのでお買い求めの方はスチュワーデスにお声をかけて下さい。ただいま夏のキャンペーンをしていて、ナンタラ、カンタラです。機内だけでお買い求めいただけるアンタラ、カウトラです。

うるせーな。

少し黙ってたらどうなんだア。機長のアナウンスがあり、高度何メートル、時速何キロで飛行中なんだって。行くさきの福岡には雷雨注意報が出ており、到着は定刻より二十分遅れて二十一時五十分という。

機長のアナウンスが終わったところで、吉幾三の「酒よ」(一九八八年)になった。吉幾三は演歌のシンガー・ソングライターである。

吉幾三の渋さは、オヤジじゃなきゃわかんないだろうなあ。「ココロにも、いくつかの傷もある」という詞がじーんとしみてくる。「手酌酒　演歌を聞きながら」ってところがいいね。指さきが、酒のおちょこを持つ形になった。福岡に着いたら、川っぷちの居酒屋へ飲みにいきたいなあ。

でも、お願いですから、吉幾三の曲がかかっているあいだは、機内放送で中断しないでいただきたい。

飛行機がガタガタと揺れて「酒よ」の後半は中断されてしまった。機内放送に切りかえられ、天候不良で機体が揺れておりますが、飛行機の運航には差しつかえありません、という。

お願いしますよ。早くスカイ・オーディオに戻してくれ。ああ、いらいらするなあ。シンガー・ソングライター特集ならば、井上陽水がいなけりゃおかしい。陽水は「アンドレ・カンドレ」の芸名でデビューしたころは売れず、CBSソニーをクビになった。本名の井上陽水で、一九七三年に出した「夢の中へ」と「心もよう」が連続大ヒットした。

や、かかりましたよ。二曲連続で、このベストヒットを聴いた。「夢の中へ行ってみたいと思いませんかウッウッウー」というところがいいんですね。「心もよう」は「アアア、アー」がよく、ようするにウーかアーだな。

せんだって井上陽水夫人の石川セリさんに会ったとき、お孫さんの写真を見せて貰った。お孫さんは陽水そっくりだった。陽水も還暦をむかえたのだ。そういや、福岡は井上陽水の故郷であるなあ。

機内放送が、当機はあと十五分で福岡空港に到着するという。乗客の皆様は、御自分のシートベルトを確認下さいませ……。

機内放送に中断されつつも、ちょこっとかかっていたのはイルカの「まあるいいのち」だ。イルカが軽やかな声で、童謡調に「タイセツナ、イノチ」と歌っている。ピカッと稲光りして、ゴロゴロとひびき、ドッカーンと落雷があった。そんななかで、イルカが、「タイセツナ、イノチ」と歌っている。

ざんざん降りの福岡空港は、やたらと混んでいて、なかなか着陸できない。

スカイ・オーディオから、あみんの「待つわ'07」が流れてきた。一九八二年に大ヒットした「待つわ」のニューバージョンである。二人の女性（あみん）が涼やかな声で「わたし待つわ」と歌っている。

スチュワーデスが、もうしばらくお待ちくださいと、放送している。

はい、待ちますよ。いつまでも待ーつわ、着陸するまで待ーつわ、おとなしくして待ーつわ、と口をパクパクさせたのだった。

札ビラ

このところクレジットカードを使わなくなった。外国旅行をしたときに、ホテルの宿泊や空港売店では使うが、それ以外には使う回数が減った。

その理由は、カードを使う店へ行かなくなったからである。自転車旅行、散歩、沖釣り、銭湯、町の居酒屋、ビヤホール、レストラン、文具店、書店、映画館など、いずれも現金払いである。

寿司屋や温泉宿は、カードが使える店もあるけれども、あえて現金で払う。すると、札びらを切る快感を味わえる。カードで支払うと使った感じがしない。財布から現金を出して払うとそのぶん財布が薄くなって「よし、金を使ったぞ」という実感がわく。よーし、そのぶん働いて金を儲けよう、という気になる。

新入社員で初任給を貰ったときは、茶封筒に現金が入っていた。自分が一カ月働いた労賃がこれなのだという実感があった。四十五年前で二万九千円だった。初めて手にした給料だもの、よく覚えている。

それがいつのまにか振り込みになった。高度成長期だったから、入社五年後に年収百万円となった。そのときの興奮は、いまなお忘れられない。年収百万円の生活なんて、ガキのころは考えも及ばないものであった。けれど、それは通帳にそう示されているだけで、財布に現金が入っているわけではない。そうと気がつくと、現金をおろして使いまくった。

しばらく六本木のアパートで暮らしているうちに、借金が増えた。もとより浪費乱費の性分で倹約が苦手であった。

それからいろいろあって現在に至っているのだが、自分が生きていく原理は浪費にある、という信念は変わっていない。稼いだぶんは全部使ってしまう。

金は天下の回りもので、物々交換の証明書である。カード一枚あれば、世界じゅうどこへ行っても生活できたし、あんなに便利なものはない。それになれてくると、現金支払いがみっともないように思えてきた。

最悪はバブル期に株に手を出したことだ。ためしに百万円ぶんの株を買うと一カ月で三百万円になった。どんどん欲が出てきて、吐血で入院中に退屈まぎれに三千万円買って、五千万円になり、また買い足して一億円になった。バブルがはじけてほとんどパーとなり、結局七千万円の損をした。儲かったと思っても、それは帳面の通知だけなのである。現金化して使わなければただの幻想で終る。それにこりて、現金主義になった。一万円かそこらの飲み代にカードを使うのは貧乏くさい。キャッシュで払え、キャッシュで。不景気の時代は遊ぶに限る。不況だからといって「巣ごもり」するのは、わざと風邪をひくようなもので、ますます世間が見えなくなる。

国内需要をふやすのは、金を使えという意味で、みなさん、浪費しましょうという国策である。ならばバンバン使ってやろうじゃないの。いままで無駄づかいジジイとして批判されてきたのが、ようやく認められたのである。

物を買うには精神力も体力もいる。遊ぶことも同様で強い意志がいる。ところが現金がない。さてどうするか、と考えたら郵便貯金があった。マル優で三百万円貯金したのをほったらかしにしていた。それをすべて引き出して、机の上に置いてみた。現金がドーンとある。

いつの日か、なにか困ったときのため、とかなんとか考えて貯金したのが不覚であった。これが財政投融資となり、いわゆる国の埋蔵金となった。官僚どもがしゃぶりつくすのがこの金で、定額給付金だってこの埋蔵金の一部である。

国の埋蔵金は、もとは自分の埋蔵金なんだから、どんどんおろして使いましょう。簡保だって「かんぽの宿」として役人に食いつくされた。

三十万円の札を輪ゴムでとめてポケットへ入れ、カレーうどん食って、銭湯へ行き、湯上がりにビールを飲み、スポーツ新聞を買って飯田橋ギンレイホールにさしかかると、テリー・ジョージ監督の「帰らない日々」を上映していた。

ギンレイホールは神楽坂にある名画座で、ときどきいい作品を上映している。六時五分から見て、八時からもう一本の「ボーダータウン」をどうしようか、と迷った。こちらは連続猟奇殺人事件を追う女性記者の映画である。結局見てしまって、映画館を出てから居酒屋トキオカでワインを飲んだ。

それから、仕事場へ戻ったが、二万円を使いきれなかった。情けない。

そういや温泉に行ってないな。汽車賃と宿代を入れて二泊三日で六万円ぐらいだ。ひとりで行くのは退屈するから、仲間を十人あつめよう。行きさきは、近場の箱根か伊豆がいい。どっちにしようか、えーい両方とも行ってしまおう。

不況時代は温泉に限る。企画するのは、仲間十人の「新団体旅行」である。十人集まると汽車賃が団体割引になります。宿代も安くなる。泊まるのは、昔から懇意にしている宿ばかり。温泉は、湯質のいいところに連泊する。

そういえば二月二十一日の朝日新聞「天声人語」に、私の短編集『同窓会奇談』（講談社文庫）のことが書いてあったな。「天声人語」にとりあげられたら、いろんな人から「おめでとうございます」とお祝いの電話がかかってきた。そのひとりが高校同窓の佐藤収一君で、二十人の高校同窓生と一緒に箱根の温泉へ行く予定になっている。宴会用のワイン一ダースを宿へ送っとかなきゃいけない。

「天声人語」にとりあげられたのに、講談社文庫は絶版になっている。ランダムハウス講談社の宮田昭宏氏に電話して、こちらも復刊して貰おう、と考えつつ、缶ビールを飲む。宮田さんは講談社文庫で絶版になった「素人庖丁記」シリーズ全四巻を復刊してくれた人だ。昔の友人はありがたい。

歳をとると収入が減るが「救いの神様」におすがりして、生計をたてなおす。えーと、なんの話かというと、現金の話であった。

現金には現金魂が入っている。現金を使うと、現金電波が飛んで、別の現金がやってくる。現金は現金が好きなのだ。この世には現金テレパシーがあって、磁石みたいに引きあっているんじゃなかろうか。

いずれにせよ、輪ゴムでとめた二十八万円は、あと一週間で使いきる、と。ひき出しにしまっておいたのでは、単なる埋蔵金だ。

宮田さんへ「郵便貯金おろして温泉へ行きましょう」とハガキに書いて、深夜のポストに放りこんだ。

PART2 下降する快感、開き直る癖

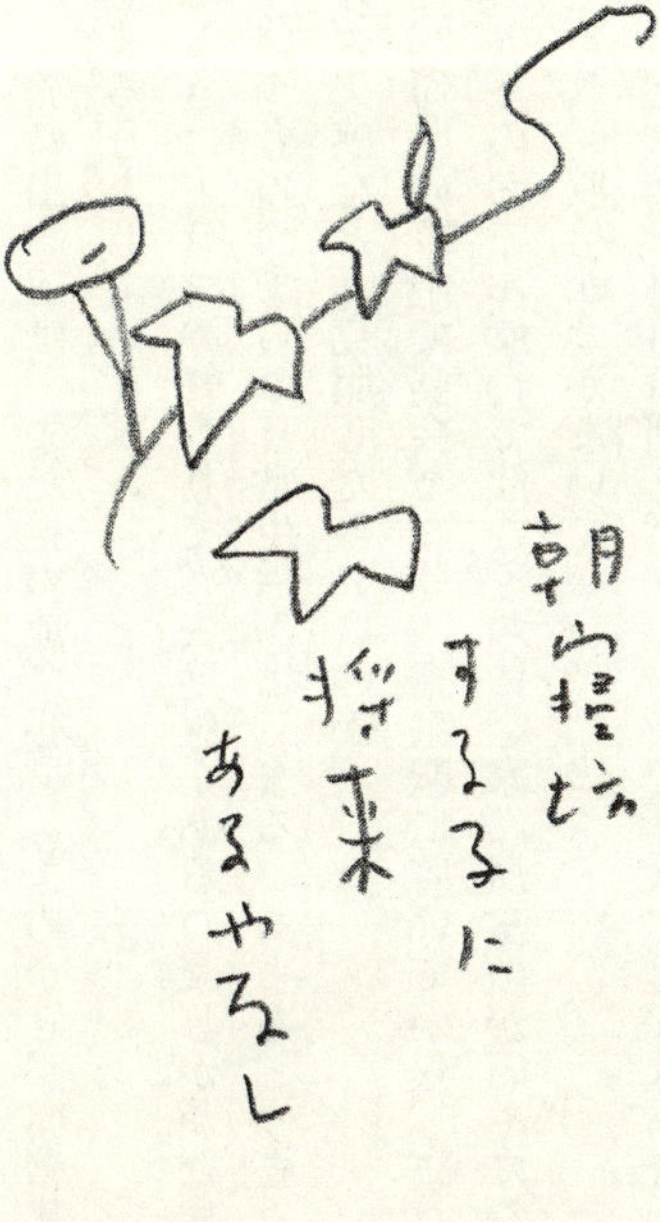

旅がえり

旅の帰り方が難しい。旅に出る前は、まだ見ぬ地に心をときめかせ、興奮状態にある。旅のドラマがはじまろうとしている。

楽しかった旅は終わるけれど、旅から帰るときはドラマの終わりで、失落感がある。楽しかった旅は終わってしまって、また、いつものつまらぬ日常生活がはじまる。あーあ、つまんねえの、とがっかりする。その喪失感をどう克服したらいいのか。

友人と温泉へ行くと、帰路の車中で宴会となり、東京駅に着いてから、また飲みに行くことになる。ガード下のおでん屋台で飲むうちに、家に帰るのがいやになって、終電を過ぎても飲んだくれ、収拾がつかない。

タクシーで自宅へ帰ると玄関の外灯は消え、マックラで鍵穴に鍵が入らない。酔っているから、なおさらわからず、ガチャガチャ揺すっていると、妻がおきてきて「いま何時だと思ってんのよ」と怒る。

えーと三時半です、と答えたがプンプンして、とりつくしまがない。

五年前は一年のうち半分は旅をしていて、残りの半分は居酒屋にいたので、自宅に帰るときに気後れがした。「ちょっと近くまできたので……」と弁解して帰宅し、駅売店で買った焼売《シューマイ》弁当の手土産を差し出した。

海外へ出ると、買い物依存症だから、トランクいっぱいに文具、骨董、古書、シャツ、茶碗、玩具、料理器具、帽子、奇々怪々な珍品をつめて帰る。さながら古美術商人のようになる。

トランクの留め金をはずすと、ガラクタがざらざらとはみ出す次第で、それをいち早く整理するため、成田エクスプレスで一目散に帰った。買い物ジジイの凱旋である。出稼ぎのおっちゃんが、暮れに塩鮭だの土産品をかかえて故郷に帰るのに似ている。家に着くと、そういった戦利品を家人に見せて自慢するのだが、迷惑そうにそっぽをむかれる。

それでも近所の寿司屋から特上握り寿司の出前をとり、渋茶を飲んだ。

世界各地より買い集めた珍品の類は、似たようなのが東京の店で売られているため、ほめられることはめったになく、納戸のゴミと化す。それはわかっている。わかっているが、そうすることが「旅の帰り方」なのである。

手ぶらでハワイから帰ったりすれば、機内で貰った飴玉だけでは申しわけなく思え、意味もなく羽田から秋田へ行き、ハタハタ寿司とキリタンポセットを買って帰る。トランクは宅配便で送ってしまう。秋田から山形へ行き、温泉につかって牛肉弁当を手土産に帰ると、妻は信州旅行中だった。妻だって「亭主のいぬまの旅行」らしく、どっちもどっちである。

旅へ持参した書、『幸田文　しつけ帖』（青木玉編・平凡社刊）を読んでいたら、「旅がえり」という項目があった。この本は幸田文が、父（露伴）のしつけに関して書いたもので、露伴がじつに口やかましい人だったことがわかる。そのしつけのおかげで娘の文は作家になった。

「旅がえり」は、旅から帰ってきた家族を迎える側の心得である。

文が露伴と二人旅をして帰宅すると、家は不景気で不愉快な感じがした。旅の感傷いっぱいになって帰ってきたというのに、座る場所もない気がして、しょげかえった。寂しかった。

文は、実母を六歳のときに亡くし、後妻に八代が入っていた。八代は自分勝手な女で、父ともうまくいっていない。そのしらじらしい関係を、文は瞬時に察知する。

露伴は後妻とは別居することになるのだが、その前兆がこの日にあった。文は「旅館ではまねできない家でのもてなしとはなにか」と考えて、それは食後の番茶だと思いついた。旅館は上等な緑茶を出すが、そればかりに気をつかって食後の番茶までは気がつかない。部屋の火鉢でさらさらと茶を焙《ほう》じて、しゅっと湯をさして、匂いのたったのを出すサービスはしない。

そのつぎに露伴が旅へ出かけたとき、文はてぐすねひいて帰ってくるのを待ち、番茶を焙じてしゅわっといわせた。それをほめてくれなかったので、しばらくたってから自慢すると「それくらいはあたりまえだ」とけなされた。露伴はわかっていたが、あえてほめなかった。

露伴と文は、こういったこまごまとした作法にたちいって、人間の心理をさぐりあっていた。露伴は、掃除や洗濯を娘にしつけることによって、生活の伝受をした。うるさいほどのしつけは、露伴式の古今伝授なのである。

露伴は、二十三歳の文を連れて、伊豆地方を一カ月間旅行した。そのとき「旅は自分の心ざまによるものだ」と講釈した。旅の費用はこちらで持ってやるが、おまえの心まで世話をやけるものではない。上機嫌な旅にするのも、おまえの心ざま次第、といった。

じつのところ、旅の三カ月前、露伴は一人きりの息子を早逝させていた。文には一人きりの弟である。二人とも淋しい旅であるが、それを口にしない。

みぞれ雪が降る天城の山々をじっと見つめて、暫時瞑目《ざんじめいもく》して首《こうべ》を垂れていた露伴を見た文は、これが〃男親だ〃と感じいる。

粗末な部屋に案内された露伴が、これから忍術を使ってみせるといって番頭を呼ぶと、いいお部屋があきました、と忽《たちま》ち部屋がえになった。祝儀をはずんだのである。文が腹をたて、金で面を張るくらいなら、もとの部屋でたくさんだというと、なんだ、まのあたりに忍術を見せてもらっておこるやつがあるか、とたしなめられた。

露伴は、ちょっとしたところで、娘に「勝負の勘どころ」を教えていた。きびしくしつけて、急所で忍術を使う。父と娘の格闘は、娘が一定の齢をとってから気がつくのである。

一カ月の旅が終わって帰京するとき、露伴は、新橋で下車して、フランス料理を食べよう、と誘った。夕食時に不意に帰って、留守家族を慌てさせるのはよくない、という。ことに遊山《ゆさん》旅の場合はそうするのだ、と露伴は講釈した。

これも「旅の帰り方」であるが、正直なところは、妻の顔を見るのがいやだったんだろう。露伴の講釈が、幸田文という作家を育てたのである。

臍の垢

少しずつ仕事を残し、やり残したまま年の暮れとなった。机の上は書きかけの原稿が重なり、資料の山は崩れ、天井の蛍光灯ひとつが消えたままだ。

雑誌は新年号と銘うっているけれど、まだ年の暮れである。テレビ局では正月用バラエティー番組を収録中で、みなさん、「あけましておめでとうございまーす」と声をあげている。年の暮れなのか新年なのかわからない。

で、私はといえば、深夜の風呂につかり、あと一週間の予定を頭に入れた。二十三日は、画廊喫茶エソラで開催中のはがきゑ展うちあげ会がある。そのあとは神楽坂の仕事場に直行して泊まり、二十四日朝は慶応病院で不整脈の定期検診。二十五日には、麻布区民センターで中村誠一のジャズコンサートがある。これは、私がプロデュースしたコンサートで、ステージ終了後の二次会は新宿の店を貸しきりにした。

不整脈検診の翌日はぐでんぐでんに酔っ払う。胃薬を用意しとかなきゃいけないな。二十六日は仕事おさめ。二十七日は国立《くにたち》の佐藤収一宅で餅つき。

十二月三十一日はNHKラジオの「年越しラジオ、ふるさとは、いま」に出演する。テレビは「ゆく年くる年」を放送するが、ラジオはラジオ独自の企画をたてたらしい。濱中博久アナは、かつて歴史番組を一緒にやった仲である、放送局で新年を迎えるのはひさしぶりだ。

と、ぼんやり考えているうち、臍《へそ》の垢が気になりはじめた。臍の垢をとると風邪をひくといわれるからとらずにいたが、年の暮れだからとりたくなった。

爪のさきでほじくったがとりにくい。昨年の暮れにはゴマの実半分ぐらいの垢がとれた。無理に爪を突っこむと、いてて、ひっかき傷ができた。

芭蕉の句に、

ふるさとや臍《ほぞ》の緒《お》に泣く年の暮

がある。これは四十四歳の芭蕉が故郷の伊賀上野へ帰郷したときの吟である。年の暮れに、ひさしぶりに帰ってきた故郷の生家で、自分の臍の緒を見せられて芭蕉は泣いた。

亡き母のおもかげを偲んで泣いた。

昔の人は、煎じて飲ませれば難病に効く、といってひからびた臍の緒を大事にとっておいた。自分と母をつないでいた、黒い紐のような生命線である。

江戸時代の人は、なにかというと泣いた。それもメソメソと泣くのではなく大声で号泣したという。いまでも朝鮮半島や中国の人は大声で泣く。日本人はいつのまにか静かに泣くようになった。

リストラされた派遣社員は、もっと大声を出して、ワンワン泣きながら世間にたちむかえばいい。失業は資本主義の最悪の欠陥であって、働く意欲があるのに仕事がないというのは、国の破綻である。

三十八歳のときに失業したことを思い出した。希望退職に応じて出版社をやめたのだが、別れの会のときは涙が出て止まらなかった。

無念と不安が入りまじり、つらくて涙がぼたぼたと出た。はるか昔の記憶がよみがえる。芭蕉と違って「臍の垢とる年の暮」で、風流さには欠けるが、年の暮れはなにやかにやと思いにふけるものなのである。

犬が鳴く。

風呂場の窓をあけて夜空を見上げると、天の川が弱々しい光を放っている。

芭蕉がこの句を詠んだのは、「古池や蛙飛びこむ水の音」を詠んだ翌年で、宗匠として絶好調のときである。おおっぴらに泣いてみせたのは芭蕉の力の見せどころだった。

してみると、退職者別れの会で涙ぼろぼろだったのは、私にも力があったのだろうか。泣く力。下降する力。ひらきなおる力。だけど臍の垢はとれない。

木がらしが吹く。

行き場を失った木がらしが風呂場の天井で渦を巻き、逃亡犯の気分になってきた。新年を目前にして、時間に追われている。木枯らしにまじった小石が窓ガラスにあたって、音をたてた。

軒にたてかけておいた竹箒がバタンと倒れた。寒風がぶつかりあっている。湯ぶねに寒の月明かりがにじんでいる。

夕方やってきた友人が、「これから大変な時代になるでしょうな。不況はピークをむかえ、会社がバタバタとつぶれる」といっていた。暗い時代がやってくる。勝ち組と負け組に二分され、失業者の群れが町を徘徊する。

いやな予測を吹聴するのも、年の暮れのせいだ。失業したときも、不況で収入が激減したときも、じつのところ腹がすわっていた。それは戦争のさなかに生まれたからで、四歳のときに周囲は焼け野原だった。

食料はなく、米軍配給のくさいミルクを飲んで育った。町には親を失った戦災孤児があふれ、モク拾い、靴みがき、果ては盗みをする子もいた。ラジオでは、「尋ね人」の放送が流れていた。あんな時代を生きてきたのだから、いざというときはなんとかなる、という自信がある。

うー、寒い。

窓をあけっぱなしにしたら、肩が冷えてきた。そういや、借家には風呂はなく、湯たんぽの湯で顔を洗っていたな。自分の家に風呂場ができたのは中学生のころだった。新聞紙を丸めて薪の代用とした。

旧年から新年にきりかわる時候を去年今年《こぞことし》という。新年はせせらぎが流れるようにやってくる。あわただしく年が去り、新しい年を迎える。吹く風のなかに去年今年がひそんでいる。燃えつぐ炭火のなかに去年今年がある。

やり残した仕事を、あーあ、とくやみながら、去年を懐かしんでいるうちに今年になる。

缶ビールを飲んでいたら、窓の外で野良猫の鳴き声がした。行方不明になった老猫ノラの後にやってきた若猫のイスズである。イスズは、ウーと唸って爪をたてるばかりだったが、少しなついてニャと鳴くようになった。

おー、よしよし、と窓をあけると居間に飛びこんできたから、ニボシをひとつかみ与えた。

朝顔の記憶

九十二歳の老母ヨシ子さんは耳が遠くなり、足腰も弱ったが、ふんわりふわふわと漂うように生きている。週に二回ヘルパーさんがきてくれるのがありがたい。

ヨシ子さんが生きていく念力は俳句を詠むからで、市村究一郎先生が主宰する句誌「カリヨン」に投句している。俳句を詠むからボケずにすんでいるのか、ボケないから俳句を詠めるのか、そのへんの因果関係はわからぬが、ヨシ子さんの句を読むと「いまなにを考えているのか」の察しがつく。

句稿は新聞ちらしの裏にボールペンで書き、「これはどうかね」と訊いてくる。私はひとり暮らしのヨシ子さんの家の二階で原稿を書くことが多く、一階へ下りて自宅へ飯を食べに行こうとするところをつかまる。ヨシ子さんの地曳き網にかかる。

それで、一緒に推敲して◎○△の印をつけて、「ここんとこは直したほうがいいんじゃないか」と相談にのる。といったって私が書き改めることはなく、意見をいうにとどめるのだが、翌日になると、見違えるばかりのいい句になっている。

それをくりかえすうちに「ヨシ子さんの日常を書き残しておこう」と思いたち、ノートにメモをとりつづけて、『おはよう！　ヨシ子さん』（新講社）という本にまとめた。自分の日常を暴かれるとレッカの如く怒るヨシ子さんだから、発売日にあわせてゴキゲンをとる計画をたてた。

五月の連休に朝顔の種をまいておいた。種は一晩水につけて、小さな鉢に二粒ずつ入れた。十日ほどで芽が出てきて、ハート型のつややかな双葉が出てきた。そこから小さな蔓が伸び、本葉三枚がついたあたりで、ヨシ子さんの寝室の前の庭に移しかえた。

本の発売日のころ、朝顔の花が咲く、と予測した。ところが、移しかえた朝顔の苗は、葉も蔓もことごとく虫に食われてしまった。

ちょうど、国立の大学通りで朝顔市をやっていたので、自転車ででかけ、二鉢を買ってきて縁側に置いた。深い紫色と、ブルーの二色の鉢である。ヨシ子さんは朝顔好きである。ただし、朝寝ぼうであるから、目がさめたときは花がしぼんでしまう。

「朝顔は思いをとげたようにしぼんでしまうのね」

とヨシ子さんが言う。

しおれた朝顔は、化粧をおとしたおばさんみたいよ。ずっと昔のことだけど、朝顔が咲く市営住宅でやくざ者がつかまったでしょ。

これは、五歳のころに住んでいた藤沢の長屋時代の記憶である。藤沢の長屋の裏通りに、おんぼろの屋敷があり、人が住んでいるのかどうかもわからないが、一軒家を朝顔の蔓と葉が覆いつくしていた。朝顔には家の養分を吸っている妖気があった。その家は、夜になるとぼーっと薄明かりがついて、人の気配がした。近所の人は、朝顔屋敷とよんでいた。朝顔屋敷では、夜、賭博がひらかれていたことがあとでわかった。そういえば、朝顔屋敷には酒の匂いが漂っていた。

ヨシ子さんは、一日前のことは忘れてしまうのに、六十五年前のことは覚えている。朝顔には、さまざまの思い出がある。

朝顔は「朝の容花《かおばな》」で、朝に咲く美しい花、という意味である。風を受けて裏返った朝顔にもすずやかな風情がある。

浜に住んで朝顔小《ちさ》き恨みかな

は夏目漱石の句だ。浜辺に咲く朝顔が、なにやら小さな恨みを秘めていると、漱石は見破った。

朝顔や土に匍《は》ひたる蔓のたけ

は芥川龍之介。小説家は、朝顔を気やすくほめたりはせず、土に匍っている蔓のさきを見ている。

わが家は朝寝ぼうの家系で、夜には強いが朝が弱い。深夜〇時になっても、こうこうと電灯がついていて、泥棒のつけいるすきがない。酔っ払って終電車に乗って帰宅すると、亡父は毎晩のようにテレビの深夜映画劇場を見ていた。

早起きして三文の徳をしたって、どうってことはねえや。夜ふかしは三本の徳だあ。といって父は冷蔵庫より三本の缶ビールをとり出して「飲め飲め」とすすめた。夜ふかしほど楽しいことはなく、朝寝ぼうもまた快楽の極みである。

没する三年前、父は、こんなのができたぞ、と言って、暦の裏に筆ペンで書いた句を見せた。

　朝寝坊する子に将来あるやなし

うまい句ですねえ、とほめた。朝寝する子に将来なんてありゃしませんよ。これは弟のマコチンかススムのことでしょう、と訊くと、

「おまえだよ」

と言われた。ヨシ子さんの最新句に、

　はためには羨《うらやま》しとも朝寝かな

がある。

ヨシ子さんの日常は①朝寝ぼう②遅い朝食③新聞をとる④新聞を読む⑤仏壇への献花⑥ヘルパーさんおむかえ⑦ヘルパーさんお帰り⑧夕食（弁当）⑨作句⑩長電話⑪薬を飲む⑫生協への注文⑬冷凍ごはんのパックづめ（一度に七食分）⑭テレビ歌舞伎鑑賞⑮蚊退治⑯入浴⑰ＮＨＫラジオ深夜便をききつつ睡眠、といったところである。ここに、ときどき散歩、花壇の水やり、散る花の掃除が入る。

朝が遅いので、なかなか朝顔の咲きたてを見ることができない。ところが、根性で朝七時ぐらいに起き、雨戸を開けて見るようになった。雨戸をちょっと開けて朝顔を見てから、また眠るらしい。二度寝である。よく観察すると、昼間も三回ぐらい眠っている。暑すぎるからといって眠り、昼食をとってから眠り、散歩で疲れては眠り、生協の注文票へシルシをつけてから眠る。一日に五度寝はしており、「よく寝る婆さんは育つ」のである。

機嫌がよくなったころ、刊行された本を居間のテーブルの上に置いた。はたして読んだかどうかはわからない。まあ、本が出ちゃったんだから、いずれはばれてしまう。ということでヨシ子さんの朝顔の句です。

朝顔の蔓は遊んでのびにけり

その後のヨシ子さん

九十二歳になる老母ヨシ子さんが『九十二』（カリヨン叢書）という句集を自費出版した。平成十二年から二十年までの句で、第二句集になる。ヨシ子さんは市村究一郎先生（水原秋桜子の弟子）が主宰する句誌「カリヨン」同人で、毎月、投句している。といったって、ヨーロヨロとして要介護1のひとり暮らしである。ぼーっとして右脳で詠むのが俳句にはいいらしい。吟行に行けないから、身辺雑記の俳句ばかりである。

朝顔の買はれうき世の花となる（85歳）
歓声にわが声まじる大花火（85歳）
水うてばかまきり踊る夕べかな（86歳）
難民のニュース見てゐる文化の日（86歳）
漢方の薬買ひ足す寒の内（86歳）
初夢で昔々の人と逢ふ（87歳）

空つぽの郵便受や木の葉舞ふ（87歳）

花屑や掃き寄せられてさくら色（88歳）

曼荼羅を大地に描く柿紅葉（88歳）

白靴に足入れ心はづませり（89歳）

固まりし蟬の軀を拾ひ持つ（90歳）

セーターが五百円なり市民祭（90歳）

黄落に耳の遠きもよかりけり（91歳）

夕立や医師の大きな黒鞄（91歳）

なんて句が出てくる。医者は月に一回往診に来てくれるし、週に二度ヘルパーさんが来るので助かる。俳句は新聞に入っているチラシの裏に書く。

そんなふうにして、八年ぶん七百句がたまった。そのなかから三百句を集め、ついでに第一句集『山茶花』の三百句も収録した限定百六十部である。

本人が没してから出版される句集をマンジュウ本という。故人の仏壇に供える饅頭にたとえてそういうのだが、生きているうちに出るほうがめでたい。句集の最後の句は、

九十にふたつふやして年の豆（92歳）

である。節分の夜に、年齢と同じ九十二粒の豆をまいた。この句にちなんで句集のタイトルとした。

この句集が「カリヨン特別賞」（結社賞）を受賞した。同人のなかで最高齢というところが評価されたのだろうが、「わたしゃ授賞式へは行きませんよ」とひと悶着あった。

人がいっぱい集まるところは体力的に無理なのよ。立ってられないし、転んだらどうすんの。あームリムリムリ。着てく服もないし、立っていられないし、ムリムリムリ。あんた、かわりに貰ってきて下さいな。

そういうヨシ子さんを説得して、同伴して行くことになった。授賞式は府中の大國魂神社で行われた。ムリムリムリといっておきながら、二百人いる会場の演壇で「受賞のお礼」を即席で五分間話したのはびっくりした。

老人と暮らすコツは、つかず離れず妥協せず、見て見ぬふりをして協調する、であるが、やってみるとこれがけっこう難しい。同じ敷地にヨシ子さんの家とわが家は別棟で建っている。こちらは旅行が多いし、神楽坂の仕事場に泊まることもあるから、自宅に帰ったときは、なるべく会話をするようにしている。

ヨシ子さんは、おっとりしつつもワガママで、なにがなんでも自説をまげず、やりたいように生きている。

句集も出ししぶっていたが、弟のマコチンが「冥土の土産に出しなさいよ」と勧めて、ようやく承知した。

「カリヨン特別賞」は、そうときまると嬉しそうで、広告チラシの裏に書く句に力が入ってきた。

家の前を通りかかった見知らぬボケ系老人から「ヨシ子さん、おめでとうございます。凄いですねえ」と声をかけられた。

なんのことかと訊くと、老人ゲートボール大会で優勝した、という。

ゲートボールだって。

そんなことはあり得ないのでヨシ子さんに確かめたら、輪投げ大会であった。市の福祉会館で開かれた老人輪投げ大会で優勝して、賞品のお茶百グラムパックを獲得したという。

爺さん連中は、プラスチックの輪を勢いよく投げて天井ではねかえってしまう。婆さん連中は慎重に投げすぎて、標的に届かない。ヨシ子さんが、無念無想でふんわりと投げると、念力によって吸いこまれるように入るという。

フーラフラとしているのによくやるなあ。あんまり入るので、別の婆さんから「練習しているんですか」と訊かれたらしい。

俳句を詠むように、力をぬいて、ふわーっと投げるのがコツだという。

句集の第一句は、

木犀《もくせい》や古りし思ひ出あらたにす（84歳）

である。庭に大きな木犀の古木があって、秋になると芳香を放つ。木犀の香りはいいけれど、この句には目が止まらなかった。句集に序を寄せた市村先生は「思い出を思い出しており、そして新たな思い出として重なっていくのです。若い人には思い出の重層はあまりないでしょう」と評釈している。

なるほどそうか。思い出の重層。そういわれてみるといい句に思えてきた。

ヨシ子さんは毎朝、大量の薬を飲む。どの薬がなにに効くのかわからない。それで、医者に相談して薬を減らした。そのときに、

秋風にくすり減らして余生かな（91歳）

とチラシの裏に書きつけた。ちかごろの広告チラシは、表も裏も印刷してあって裏白のものが少ない。

両面印刷してあるチラシなんて品がないわよ。裏が白くなきゃ、メモ用紙にならないじゃないの。役に立たないチラシは腹が立つわね、とヨシ子さんは言う。

ヨシ子さんの句をほめると機嫌がよくなるので「うまいねえ」とほめた。

ところが市村先生は、この句を採らなかった。

余生っていうのは九十二歳過ぎです、と言われた。だから私はまだ余生じゃないのよ。来年から余生に入るんですって。そう言いながらヨシ子さんは嬉しそうであった。

市村先生はそう言ってヨシ子さんを力づけたのだ。なるほど、これが句の効用というものか。それで、

　秋風にくすり減らして小旅行

となおした。

四月一日、ヨシ子さんはきょうはなんの日だっけねえ。なにかをしていい日だったけど思い出せないわ、と頭をひねっていた。エイプリル・フールを思い出せないでいる。いよいよ余生全盛期にはいり、眼鏡を電話の横に忘れていった。そのときの句は、

　忘れものせしも忘れて四月馬鹿（92歳）

でした。

湯ぶねに落ちた猫

猫の習性がいまひとつわからない。

わが家の庭に棲みついた初代ノラは不良系だが、他の猫にはいろんな種類がいて、極道系、内向系、放浪系、悠々系、食欲系、天然ボケ系、思索系と、それぞれ性格が違う。

わが家のノラは、気がむいたときに家に入ってきてテレビを見ている。そのことを雑誌に書いたら、いろんな人から「うちの猫もテレビが好きです」といわれた。子ども番組が好きな猫もいれば、旅番組が好きな猫もいる。猫によって千差万別である。

吉行理恵さんの『湯ぶねに落ちた猫』（ちくま文庫）に、飼い猫のバル（三カ月の子猫）が、お笑いタレントが扮した招き猫を前肢で触った、と書いてある。また、フィギュアスケートの女子選手が滑り出すと前肢で叩いたという。

理恵さんは二〇〇六年に亡くなった。父は吉行エイスケ、母は吉行あぐり、兄は吉行淳之介（小説家）、姉は吉行和子（女優）である。

文庫本のカバー絵と解説を浅生ハルミンが書いている。ハルミンさんは、トーちゃんというオス猫と暮らすフシギな女性で、私の新作『旅するノラ猫』の挿絵を描いた。ハルミンさんは理恵さんと同じく猫耽溺派で、トーちゃんの生態はきいているが、おめにかかったことはない。いつだったか雪が降った夜、ハルミンさんから電話があって「ノラを家に入れてやれ」との御指示であった。ハルミンさんだって、わが家のノラには会ったことがない。

猫は念力で会話する。

ニャンとかゴロロンという鳴き声だけでは、つきつめた話はできない。念力こそが猫に生命を与えており、念力がきれたときに猫は死ぬのである。

したがって、人間との会話も念力である。と考えていたのだが、理恵さんは、夢のなかで猫と会話をする。夢のなかに猫が出てきて人間語で話すという。じゃ、ハルミンさんはトーちゃんといかなる法で会話をしているのだろうか。そう思ってハルミンさんに電話したら、留守だった。

ハルミンさんは野良猫を手なずける達人で、猫の尾のつけね（背中側）を指でつまんでギューッと押すとゴロニャーンとなついてしまうらしい。わが家のノラに試してみたら、たしかにぐにゃぐにゃになった。

猫も夢を見る。

これはフランスのミシェル・ジュペ教授が十五年にわたって調べたことだ、と理恵さんが書いている。マンションのベランダから墜落して死んだ猫も出てくるが、それは飼い猫だからで、わが家のノラは柿の木のてっぺんで月見をしており、そこから垂直に駆けおりてくる。

理恵さんが飼っていたとんぼという猫は十四歳と十一カ月で死んだ。死ぬ二週間前から軀が動かなくなったがトイレまで行こうとした。日ごとに小さくなり、とうとう水を飲む力もなくなった後は、ガーゼに水を含ませて鼻と口をしめらせてやった。

死に場所を捜しはじめたので、猫が選んだ北側に籠を置き、毛布を敷きタオルの枕を造り、編み目の粗い膝掛けを上からふわりとかけ、部屋を暗くした。

死ぬ十数時間前に一瞬意識を取り戻したとき、こちらを見て優しい声で鳴いた。居合わせた動物病院の先生が「お世話になりました」と通訳してくれた。

という箇所を読むと、急にノラのことが気になった。ノラは、部屋のダンボールのなかに四角く背を丸めて眠っている。死んだんじゃないか、と背中を押すと片目をあけ、あくびをして、また眠りはじめた。十五歳の猫でかなり老衰してきた。

もう一度ハルミンさんに電話すると、運よくつながった。ハルミンさんちのトーちゃんは、眠りながら寝言をいうらしい。それもウーとかオーとか命令調で、「うちの猫は顔が大きくてボス系なんです。眠りながら、猫軍団を仕切っております」

とのことだった。

猫との会話は、目線が連絡網になる。絵を描いているとき、トーちゃんが机の上にあがってきて、目で合図をする。そのとき、目線をあわせてはいけない。直視すると猫と敵対関係になるので、ふんわりと柔らかく見る。カーブしながら猫の意志が伝わってくる。

ハルミンさんは、野良猫の本場、地中海のマルタ島へ、日本製カツオブシを持って行ってきた。マルタ島のノラ猫は、どの猫もハルミンさんになついてしまった、というほどの猫通なのである。

理恵さんの本に、ノラ猫の集会の話が出てくる。廃屋の庭で猫が集まっているとき、猫は静かに見つめあっているだけで、井戸端会議はしないそうだ。見つめあう行為は、互いの存在を認めあうことで、もうそれだけで、気がすんでしまうらしい。

けれど、猫の集会には人間には通じない猫語があるんじゃなかろうか。ニャオとかニャとか鳴き声を出さず、カーブ目線がサッカーボールみたいにあちこちと廻っている気がする。

ハルミンさんは、耳のあたりから猫電波を出しているのよ、と断言した。ピピピピピッ、あそこの家の主人は猫殺しよ、パパパパパッ、こっちの家のおばあさんはニボシをくれるのよ、ポポポポポッ、三丁目の奥さんはもとは猫なんです、二丁目の魚屋さんも猫の生まれかわりで、バケ猫なんですよ。

というような情報が猫集会でとびかっている、と思うのだ。私は編集者のころに、吉行理恵さんに原稿執筆を依頼したことがあり、原稿を受けとりにいった。

理恵さんが生きておられれば、猫の集会に関して、当方の意見をお伝えしたかった。猫の会話、猫の目線、猫の夢、猫電波、といくつも話したいことがあった。と亡くなった人の文庫本を読みながらつらつら考えた。

ノラの失踪

わが家に十五年間棲みついたノラ猫ノラが消えた。メスの三毛猫で推定十五歳である。

もとは七軒隣のMさんちの家猫であったが、Mさんが引っ越してからノラ猫になった。いつのまにかわが家に居つくようになり、中庭でゴロゴロしていた。駐車場のクルマの上で寝るようになり、ガラスの窓ごしにニャーンと鳴き、窓ぎわの百日紅《さるすべり》の枝に登ってこちらを睨みつけた。そのうち、わがもの顔で家へ入りこみ、居間で大の字になって眠っていた。

スズメをくわえて入ってくる。トカゲをくわえて自慢するし、ネズミをくわえてきたこともある。

夜中は外が好きで、屋根の上に登って月を眺め、二階のガラス窓を足であけて侵入してくる。ノラのくせに人なつっこい性格で、近所の子どもたちにもかわいがられていた。

テレビが好きでBS放送の自然科学シリーズがお気にいりだった。インドの大トカゲが画面に出ると、ツツッと画面ににじりよって爪でひっかいた。テレビを見ているノラの後ろ姿に、哀愁が漂っていた。

深夜に酔って帰ると、道路に寝ころんでいたノラが迎えにきて、足もとにじゃれた。失踪したのは九月の台風前夜だった。旅行から帰って、ノラの姿が見えないので、家の近所を捜しまわったが見あたらない。豪雨だから、外にいれば、ずぶぬれだろう。以前にも、雨の日に姿を消したことがあり、そのときは三日で帰ってきた。近所のアパート住人の部屋に上がりこんでいた。図々しい猫だから、どこかの家にいるのかもしれない。

五日たっても姿を見せないので、あせってきた。ノラの写真つきのポスターを電柱に貼って「迷い猫です」と書こうと思ったが、自宅の電話番号は秘密事項である。どこかで死んでいるのかもしれない。ノラ猫は、人に知られぬ場所でひっそり死ぬという。そう考えて、草むらや廃屋跡を捜しまわったが見つからない。

ノラは失踪する前日、柿の木のてっぺんまで一直線に駆けのぼっていた。老猫であるが、元気いっぱいであったのだ。かわいい猫だから、だれかが連れていったのかもしれない。

で、ノラ猫観察家の村松友視氏に電話をかけて相談すると「仔猫ならともかく、老猫を連れていく人はいません」ということだった。そりゃ、そうだよな。村松邸にはノラ猫用の緊急避難小屋がある。台風や豪雪のとき、近所のノラ猫が泊まるための小屋である。

いままで二匹のノラ猫が寄宿していたが、九月の台風のあと、ゲンさんと名づけていたノラ猫がくるようになり、現在三匹という。

村松家では、以前アブサンという猫を飼っていて、それは『アブサン物語』（河出文庫）という名作になった。その本を十三年ぶりに再読して、初読のときの三倍泣いたところだった。村松夫人の手に抱かれて息を引きとったアブサンの気遣いが手にとるようにわかった。

猫という生き物は、魔物であり、神様なのだ。それは、猫を飼ってみて、はじめてわかる。

ノラは、飼い猫同様で、わが家ではキャットフードやかつおぶしを与えていた。いつも、テレビの前で置物みたいに眠っていた猫がいなくなると、家族が消えた気分になる。

家の中で死んでくれれば柿の木の下に埋めて墓をつくり、供養してやれるのに、それもできない。

昨夜、ノラが戻ってきた夢を見た。腕の中でゴロニャーンと鳴く猫を抱きしめたときに目がさめ、力が抜けた。

六十八歳の内田百閒は、愛猫ノラが行方不明になったとき、ノラ探しのビラを五回にわたって配った。

「猫ヲ探ス。……雄猫。毛並は薄赤の虎ブチに白毛多し。尻尾の先が一寸曲がつてゐてさはればわかる。鼻の先に薄きシミあり。左の頬の上部に人の指先くらゐの毛の抜けた痕がある。「ノラや」と呼べばすぐ返事をする。お心当りの方は何卒お知らせを乞ふ。猫が無事に戻れば失礼ながら薄謝三千円を呈し度し」

百閒は自宅の電話番号を書いている。昭和三十二年の三千円といえば、いまの十万円ぐらいだろうか。

英文のビラまで配ったがノラは帰ってこなかった。百閒はその顚末《てんまつ》を『ノラや』に書いた。

私もノラをモデルにした小説『旅するノラ猫』（筑摩書房）を書いた。

村松家のアブサンも失踪したことがある。そのときの話を訊くと「一日の失踪で、翌日、草むらのなかで見つけた」とのことだった。

ノラがいなくなり、しばらく仕事が手につかなくなった。けれど百閒先生のようにビラを配るほどの勇気はなく、ひたすら近所を捜しまわる。

ノラは放浪癖があり、二キロ離れた所まで出かけていた。台風や雨風に強くて天然の気力がある。

猫好きの知人に相談すると、その家の猫は失踪一週間後に、公園の片すみで泥だらけになって衰弱していた、という。そういう話をきいて、通りを渡って公園を廻ってみた。けれどどこにもいない。

三毛猫というのは繊細な性格で、ちょっとしたことに傷ついて姿を消してしまう、という話をきいた。とすると、ノラに断りもせずに『旅するノラ猫』を書いたことに腹をたてたのだろうか。

あるいは、「ノラはある日突然失踪する」という予感があってそんな話を書いてしまったのかもしれない。

思えば、ノラとはいろいろあった。十年前の雪の日、ノラが寒さに震えているので、玄関に入れてやったのがつきあいのはじまりだった。バスタオルでゴシゴシふいてやると、ニャーンと甘えた声を出した。

いろんな記憶が駆けめぐる。

イスズ登場す

ノラが姿を消して一カ月がたった。いまだに姿を見せない。

村松友視氏から「猫はどうなったか」と訊かれ、黙って首を左右にふると、こちらの心中を察し、それ以上は訊いてこない。内館牧子さんからも「行方不明のノラちゃん、帰ってきましたか?」」という絵ハガキをいただいた。内館さんの家にも同じ出自のカミラという猫がいるという。

百人一首にある歌を書いて猫の出入口に張ると、猫が戻ってくるという。

立別《たちわか》れいなばの山の峰《みね》に生《お》ふるまつとし聞かば今かへりこむ

これは「古今集」の在原行平《ありわらのゆきひら》（在原業平《なりひら》の兄）の歌で「いまはこうして立ち別れていくが、任地のいなばの山の峰に生い茂る松の木のように、待つ、と聞けばすぐに帰ってきますよ」という意味である。猫が戻ってくるおまじない。

ノラが入ってくるのは南側の出窓で、窓の外は駐車場だから下がコンクリートになっている。そこからピョンと一メートル飛びあがって入ってくる。出ていくのは東側の出窓で、こちらは木を植えてあり、下は黒く湿った土である。そうか、飛び降りるのは土の地面のほうが楽だったのだなと、いまになって気がついた。

駐車場がある出窓へ行くと家人が筆文字で書いたこの歌が張ってあった。

内館さんがくれた絵ハガキには三匹のノラ猫が写っている。北海道の天売島《てうりとう》のむれ猫だった。一番奥にいる三毛猫がノラそっくりなので、しばしボーゼンとした。

ケータイ電話で撮影したノラの写真を見た。

ノラは畳の上で大の字になって眠っている。胸がモンワリ熱くなった。夜中にガラリと部屋の戸を開けても、ぴくりとも動かずに眠っていた猫だった。

うっかり踏みつけそうになったこともたびたびで、こちらの足が頭の上にいっても平気で眠っていた。用心深い猫だったのに、いつのまにかなついていた。

ダンボール箱が好きで、箱のなかに、荷物みたいに四角型になって眠るのが好きだった。

ノラが消えて以来、猫を抱いた女性がいると追いかけて確認し、猫の鳴き声をきくと外へ飛び出し、茶色い影を見ると身を構える日々であった。

ノラがいなくなってから、二階の天井でゴトゴトと音がするようになった。ネズミである。三階は屋根裏部屋で、ネズミが入りこむすきはないはずだが、どこから侵入したのか、ネズミがわがもの顔で天井裏を駆けめぐる。

ノラがいるころはネズミなんか出てこなかった。座ブトンみたいに眠っていたノラだが、念力でネズミを追い払っていた。

おまじないの紙の下には、皿に入れたキャットフードが置いてある。ノラがいつ帰ってきてもいいように用意してあるのだ。内館さんがくれた絵ハガキの写真を見ていると、ふっと猫の気配がした。

ふりかえると、やせた猫が出窓にあがりこんで、キャットフードを食べている。ノラだ。戻ってきたんだな。おまじないがきいたんだ。それにしてもガリガリにやせてしまっている。

ノラに近づくと、猫はするりと身をかわして窓の外へ飛び降りた。

「ノラじゃないわよ。別の猫よ。きのうやってきたから、ニボシをやろうとしたら、ひっかかれたわ」

家人は、その猫にひっかかれた腕の傷あとを見せた。わが家には、何匹かのノラ猫がくるが、この猫は初顔であった。

下に降りた猫に、キャットフードを与えようとすると車の下にもぐりこんだ。身をのりだしてキャットフードを放ると、コンクリートの上にバラバラと散った。

猫は用心深く車の下から出てきて、キャットフードを食べはじめた。二粒食べてからこちらをふり返って睨み返し、また二粒食べてからふり返り、用心深い。

「尾が長い猫よ。こんなにやせちゃって、よほど食べ物がないんだわ」

と家人がいった。車の横に猫用の水の皿が置いてある。三分ほどかけて、散らばったキャットフードを食べてから、水を飲みはじめた。まだ欲しそうな顔をしているから、かつおぶしを持って外へ出ると、猫は柿の木を一直線に上っていった。ノラとそっくりだ。

かつおぶしを皿に盛って部屋へ戻ると、駐車場の屋根がバターンと音をたてた。猫が柿の木から駐車場の屋根に飛び降り、塀づたいにコンクリートの地面へきて食べはじめた。

よほど腹がへっているらしい。食べながら、こちらをふり返る姿には恐怖心がある。黄色い目で、ちらりと見て、少しでも動こうものなら、すぐに逃げる、という体勢である。人間にすり寄るたくましさはまだ身についていない。

「台所に置いておいた鮭を食べましたか」

と家人が訊く。

「いや、食べてません」

「じゃ、この猫が入ってきて食べたんだ。泥棒猫よ」

「図々しい猫だな」

「窓を開けると、どんどん入ってくるわよ」

「だけど逃げる。それがノラの習性だ」

かつおぶしを食べ終わると猫はさっさと姿を消した。メス猫で目つきがきつく、長唄の師匠みたいな顔をして、女優の山田五十鈴《いすず》に似ているから、イスズと命名した。

「ノラだから、なつくかどうかわからないわよ」

と家人にいわれたが、イスズはノラの生まれ変わりである、と勝手にきめてしまった。

深夜、仕事を終えて外へ出ると、黒い影がすーっと車の下へ入っていった。イスズに違いない。皿へニボシを盛って置き、窓から外を見た。月明かりのなか、イスズがニボシを食べており、食べながらも、周囲の気配をうかがっている。

ノラがいなくなってから、ノラが登っていた樹齢五十年の柿の木が枯れてしまった。

これも不思議な因縁である。

釜ヶ崎三角公園

ホステスを描いては当代随一の黒岩重吾が、大阪西成《にしなり》地区に住んだときの見聞にもとづく「西成もの」情話が泣かせる。キャバレーで働くサンドイッチマンに惚れた酌婦の話、暴力団会長の娘との恋物語、妻殺しのチンドン屋を愛した売春婦など、せつなくいとおしい人々が出てくる。会社の金を使いこんで西成に逃げこんだ話もあった。

短編集『西成山王ホテル』を読んで西成へ行ったのは失業してブラブラしていた二十八年前のことだった。ドヤ街の宿泊所に入ると一人前の失業者の気分になったものの、さすがに二泊はできずに、近くにあった新今宮ガード沿いの簡易ホテルに泊まって、ジャンジャン横丁へ飲みにいった。

ジャンジャン横丁も相当な飲み屋街で、昼間から酔っ払って道路にゴロゴロ寝ているおっさんがいた。労務者むけの古着屋があり、わけのわからぬあんちゃんにからまれながら、「八重勝」で串カツをかじり、その隣の「てんぐ」でドテ焼きを食べ、もひとつおまけに「だるま」で飲んだ。

大阪の極道者は、通りすがりの子が、指でパンパンとピストルを撃つ真似をすると「ヤラレタア」といって道路にひっくりかえってみせるサービスぶりで、地域住民と密着していた。

阪神があわや優勝かと思われた年に、ジャンジャン横丁へ行くと、ものの見事に観光地となり、若いカップルで賑わっていた。「八重勝」も「だるま」も客が二列に並んで、まるで新規開店祝いみたいな人気スポットになっていた。

かつて栄えていた盛り場がすたれ場と化すのがいいのである。けれど、また盛り場に戻るすたれ場もあるのだなあ、と考えつつ、西成方面へ足をのばした。

ＪＲ天王寺駅で降り、醤油味が強いすきやき玉子定食をかきこみ、新開筋商店街のアーケード街に入りこむと、気分が盛りあがってきた。

午前中から立ち飲み屋が開き、野球帽をかぶったおっさんが飲んでいる。けばい上着姿のおばはんがのし歩く。ダンボール、ブルーシート、鍋釜などの生活用品一式をリヤカーで運ぶ住所不定おやじがいる。道ばたで加湿器と靴と藤あや子のカセットテープを並べて売っているおっさんに「おや嵐山さん」と声をかけられた。どこかから拾ってきたものを売っている。

ごった煮の三文オペラ劇場で、トンボ鉛筆四本入りセット（五十円）を買った。

横丁へ入ったOS劇場には赤青黄緑の幟《のぼり》がたち、劇団蝶々の特別公演で入場料は千三百円。

居酒屋、カラオケ店、酒屋、大衆食堂が所せましと並んでいる。古着屋ではズボン一本が三百円。時計屋がやたらと多く、ショーウィンドーにロレックスが置いてあった。パチンコ屋を思わせるスーパー玉出の入口に「コロッケ1円」とあったので買いに行ったところ、千円以上買った客へのサービス、とのことであった。ついでに飛田新地の旧遊郭街に入ると、茶屋の玄関に若いねえちゃんが、お化粧してペターッと座っている。飾り窓の女ではなく、玄関さきの娘で、ベッピンさんぞろいだ。

午前中から営業しているところが商売熱心である。アダルトビデオの女優にスカウトされる娘もいるというから、人生はどう流れるかわからない。

今池方面に向かうと、NPO法人釜ヶ崎支援機構就労支援センターがあり、日雇い労務者の群れに出会った。迫力ありますよ。

「聖フランシスコ会・ふるさとの家」では、シスターがテキパキと応対をしている。生活保護相談、医療相談。

偉いもんだなあ、と、その活躍ぶりに、しばし見とれた。キリスト教布教という目的を通りこして、釜ヶ崎のシスターとして活動しているのだった。

その隣にある三角公園は炊き出しの掘ったて小屋がある。公園の一角に街頭テレビがあって、ＷＢＣ決勝の日韓戦を放映していた。

観客は老人が多い。立見客もいる。爺さんはゴザを敷いたり、ビールケースに座ったりして、声援を送っている。釜ヶ崎の失業者にとって野球はどのようなものなのだろうか。阪神タイガースファンのように熱狂はしていない。コテコテの大阪人とはいささか違う反応である。拍手はするが、諦観している。南国の島に似た明るさがあるのだった。

アメリカではじまった野球というゲームは、ホーム（家庭）へ帰って点が入る。バッターボックスに立ったお父さんは、投げられたボールを打って出塁する。つまり仕事に出る。出稼ぎに行く。しかし、それだけでは点は入らない。二塁、三塁をまわって、ホームインして得点となる。ホームランを打てば、一発でホームに戻ることができる。重要なのはホームであって、家庭がキーワードだ。そこのところが、敵陣にボールを蹴り入れるサッカーと決定的に違う。

野球が日本に定着したのは、アメリカ式の家庭第一主義が「マイホームパパ」を生んだからであった。

釜ヶ崎の三角公園でWBC戦を見る失業者には、帰るホームがない。したがって、ホームランを打っても得点にならないのである。

野球にはスチール（盗塁）がある。刺されなければ塁を盗んでもよい。ホームインするためには、塁を盗むことも合法化される。

ヒットエンドランは、チームプレイで成立する。会社と同じで、自分ひとりだけがんばっても、得点にならない。釜ヶ崎の日雇い労務者はチームプレイが成立しない。失業した一万人以上の人が路上で孤独な野宿生活をしている。

小笠原選手のヒットで一点先行すると、パラパラと拍手があがった。空き缶をまとめてビニール袋につめた爺さんが街頭テレビの前を通りすぎ、横目で街頭テレビを見あげた。

3対3の同点になるとオーッと溜息があがった。冷蔵庫の部品を解体しているおっさんは「どこにサムライがおるんや。野球選手が日本刀をさげとるんか」とぶつぶつ言っている。

釜ヶ崎のWBCはW（わしらは）B（ビンボー）C（コミュニティー）ということなんですな。

大人の遠足

遠足の小学生の一団が歩いてくると、立ち止まって道を譲ってしまう。そのまま遠足の子に足をあわせて七、八歩ついていく。いつまでもついていくと「変なおじさん」として怪しまれるから、ほどほどでやめるが、小学生時代を思い出して、いいなあ、と溜息が出る。

小学校一年生のときの遠足は江ノ島で、学校の門を出るときから唱歌を歌っていた。生徒たちはみんな担任の美人のノナカ先生と手をつなぎたいと思っていた。江ノ島ではぼーっと海をながめていて遅れてしまい、走って追いついた。

ああいう遠足をやってみたい。お弁当持って、ランランラーンと歩いていくのをしてみたい。大人の遠足である。だけどジジイとバーさんが手をつないで歩けば老人ホームの遠足となる。

高校の修学旅行は京都へ行って、あちこちの寺を見学してクラスごとに記念写真を撮影した。夜は舞妓さんの踊りを見て、興奮して一晩じゅう眠れなかった。

出版社に就職して、はじめて社員旅行に出かけた。社長が上座で、その両側に専務、常務、総務部長、編集局長が並び、部長、次長、課長、主任となる。あとはヒラ二百人ぐらいがずらりといて、壮観だった。これが会社というものだ、と感じいった。やたらと酒を飲まされて、新入社員は何か芸をやれ、と命じられて、高倉健の「唐獅子牡丹」を歌った。温泉旅館で一晩ドンチャン騒ぎをして、翌朝は自由解散となった。自由解散後は先輩編集者に連れられて鰻屋へ行った。

社会人となった晴れがましさがあったが、それも三年ほど過ぎるとあきてしまった。小学校の遠足とはいささか違うことが目に見えてきた。

それ以来、団体旅行には行かなくなった。もっぱら一人旅か、二、三人の友人との旅であった。雑誌の編集をしていたので取材の旅がふえた。旅さきで団体旅行の一団に会うと、うるさいし、うかれすぎているので、顔をあわせないようにした。団体客が泊まる旅館は避けた。

それが、五十歳をすぎたころから変わった。地方の古ぼけた温泉宿へ行って、どこかの会社の宴会に出合うと、妙になつかしく、まぎれこんでお膳の前に座り、仲居にお酌して貰いたくなった。

それで団体旅行を企画した。メンバーは知りあいのパン屋、板前、大工、噺家、自転車屋、教師、囲碁名人、古本屋、漢方薬屋、彫金師といったメンメンで、いずれも社会的常識に欠けている。これを大人の散歩団・新団体旅行会と名づけて、二泊三日で山の湯に出かけた。

人数は十名とした。十名集まると汽車賃が割引になる。飛行機の切符も宿代も安くなる。なんのことはない、自前の旅行代理店になった。お歳暮に貰ってしまっておいたワインを持ちよって、ワインの品評会をやった。あとは温泉につかるだけである。

これは十五年ぐらいつづいて、その都度メンバーが入れかわるうち、みんなが歳をとってきて、行く回数が減った。

で、思いついたのが高校の同窓会である。私が卒業したのは国立にある男子だけのT高校という。卒業五十周年を迎えるので「うちあわせ会」と称して、箱根塔ノ沢温泉の福住楼《ふくずみろう》に行くことにした。最初の予定では二十名としたが二十九名が集まった。

福住楼は明治二十三年に創業して以来、文人墨客が常宿とした木造旅館である。名物「大丸《おおまる》風呂」には透明単純温泉が湧く。箱根は湯本に古い温泉宿があり、奥箱根へむかうほど硫黄分が強くなるが、福住楼の湯はやわらかくて人肌になじむ。本来は団体客はとらぬ宿なのだが、どうにか頼みこんだ。

やってきたのはジジイばかりだ。ハゲ頭あり、歯抜け、痛風、腰痛もち、不整脈と、この世の生き物とは信じられぬ面々だが、六十七歳であるから仕方がない。同窓生の顔を見て、自分もモーロクジジイになったのだということに気がつく。

会社社長や銀行頭取になった者もいるし、定年後は悠々自適の農耕生活をしている者もいる。ほぼ半分が年金生活をしている。成績がよかった連中は大学教授、医者、大企業幹部になった。性格がよかった連中は経営者として成功した。マイクを持って、順番に近況報告をしたが、フニャラフニャラとした声で、よくわからない。そのうちに「だれが一番勉強できなかったか」の自慢大会になるのはいつものことだ。

同じクラスで、机を並べていたT男君は、山持ちの大地主の息子で、学生のころより道楽者だった。お人好しでダンディーで芸達者な人気者。弁当のおかずを分けあって食べたが、T男君の弁当には上等の焼き鳥やマツタケが入っていた。

それを惜し気もなく分けてくれたし、最新映画の情報に詳しかった。そのT男君が、先祖代々の山を売ったことは二十年前の同窓会で知った。山を売っちゃったんで、先祖のお墓参りして詫びてきたんだよ、とT男君が面白おかしく述懐した。

十年前の同窓会では、畑や土地も売って、コンビニをはじめた、というから、激励しに行って、塩鮭むすびを買った。T男君が親の財産を少しずつ食いつぶしていく話を訊くとうらやましかった。これぞ下り坂の快楽で、T男君は楽しそうに、その話をするのだ。T男君の没落話をきくと、座が盛りあがった。根っからの道楽者なのだ。T男君は、いまはコンビニも自宅も売り払って、養護老人ホームの宿直をしているのだという。もう、みーんな売っちゃったの、なーんにも残ってないんだよ。そりゃすっきりしましたよと嬉しそうに言ってから、カラオケのマイクを持ってアラエッサッサーッと踊り出した。

まことに爽快である。

T男君が一番贅沢な生涯を送ったんじゃないだろうか。

こちらには食いつぶすほどの財産がないから、T男君のように豪快にはいかない。せいぜい「大人の遠足」をして、一年で稼いだ金は一年で使いつくすようにしている。

T男君に「君の話を書いていいかい」と訊くと、「いいよ」と上機嫌でうなずきてくれた。

「俺だけじゃないよ。Y男はさ、飲み屋のねえちゃんに入れこんでさ……」と報告してくれた。

六十七歳の同窓会は、成功した者の話も楽しいが、財産を食いつぶした道楽者の懺悔譚が色っぽい。

盆栽オヤジ

近所にフシギな家があって、気になっていた。七十坪ほどの敷地に瓦屋根の家屋が建ち、庭一面に盆栽の鉢が並んでいる。庭木は一本もなく、細長い台の上に盆栽鉢ばかりが、ざっと百鉢ほど置いてある。

木の塀ごしにながめていたら水やりをしている主人と目があった。ブルーのホースを手に持ち、霧みたいにして水をやっていた。

「立派な盆栽ですね」

と挨拶すると、なーに、安物ばかりだよ、と言った。すっかり葉が落ちたケヤキの盆栽は、太幹から細かく枝がほぐれている。

「これは二十万円」

えー、ニジューマンエンだって。仰天すると「箒《ほうき》造りだ」と説明してくれた。竹箒を逆さにした形をしているところからこの名がある。枝の手入れが難しいのだという。

「越谷の農家の木の下に生えていたんだわさ。それを植えかえて、もう二十年たったな」

黒松の盆栽は、太幹から枝が右下に曲がり、への字の形をしている。東海道の松並木みたいで、幹が亀甲状にはがれていた。

「幹に荒れがきているところが、いい味だな。こっちは三十万円」

またまた仰天すると、その奥の五葉松は四十万円だという。黒松に比べると、五葉松は枝や根にやわらかみがある。威風堂々としていて、代議士の家の庭にあるような古木であった。

この家の主人は、すぐお金の話をするので、抱きしめたいほど好きになってしまった。ふと見ると、玄関前に、出前でとったウナ重の桶があり、金色の模様が入っているから「四千円の特上だな」と察した。この家の主人は贅沢なのである。

じつのところ、この家の主人は「すごくケチだ」という噂をきいていた。

「盆栽が好きなのかね」

と訊かれて、ええまあ、と口をにごした。わが家の玄関に梅の鉢植えがあり、これは三年前に千五百円で買った。外に出しっぱなしにしておいたら花が咲いたので水をやっている。

さし木から二十年培養した杉の株立ちが二十五万円、数本の幹が一株となって立っているブナが十五万円、ヒノキの寄せ植えが四十万円だという。

寄せ植えは浅い鉢に三十七木のヒノキが植えてあり、小さな森や林を思わせる。これは鉢だけで二十万円するんだそうだ。木の大小、高低、太細の配置によって広がりを出す。

盆栽をのせる木の段は二寸角一枚板で、段の鉄骨を特別に作らせた。

「しばらく貸し出していた黒松は五十万円だな」

貸していたさきは銀座の有名和食店である。毎月、十鉢ほどを、和食店やレストランに貸し出している。賃料はいくらですか、と訊くと、「それは言えねえ」とのことだった。

そういえば、ときどき、軽トラックがやってきて、盆栽を運んでいるのを見たことがある。夜、この家の前を通ると、電気がパッとついて、照らされる。道を歩いているのに、泥棒と疑われているようで、それも気になっていた。

わが家には、亡父が遺した盆栽があり、枯らさないように手入れをしていたが、その大半が、いつのまにか消えてしまった。旅に出て一週間留守にすると、枯れてしまう。

この家の主人のように、値段を知っていれば、大切にしたのかもしれない。枯れた盆栽は白骨化して、無残な姿を風雪にさらす。この家にも白骨化した幹の松があり、「ナムアミダブツ」と手をあわせた。

「これはサバ幹といって、樹齢を重ねた杜松《としょう》だよ。あんたにゃ手が出ないな。深山幽谷の境地だ」

と自慢されて、ますます嬉しくなった。値段は七十万円だという。

「うちのは、せいぜい七十万円で、安物ばかり」

「じゃ、もっと高いのがあるんですか」

「自民党の△△さんちのは二百万円ぐらいのが、ゴロゴロあるよ。百万円のなんかは屁みたいなもんだ」

政治家の盆栽はみんな貰い物だよ。現金を持っていけば見つかったときに面倒だ。となれば三百万円の盆栽を持っていけばいい。ただし、田中角栄は盆栽嫌いだったので、盆栽よりゲンナマとなって、汚職がばれちまった。樹齢五十年の盆栽なら、引きとり手があるだろ。五十億だか百億の仕事を貰うきっかけに、羊羹あたりじゃ話にならめいよ。まあ、手土産がわりの愛嬌だな。

主人の話はつきない。三十年前のことだが、皇居の盆栽を見せて貰ったことがある。

道灌濠《どうかんぼり》を境にして皇居の西、吹上御苑の一隅に盆栽仕立場がある。あたりは、時おりキジが徘徊し、あたかも深山幽谷へわけ入ったような錯覚をおこした。

仕立場は、明治時代、宮殿の室内を飾るために設けられたもので、当初は宮内省御用として、民間から盆栽を買いあげた。通称「蟹五葉」と呼ばれている名木は二メートル近い高さがあり、鉢は菊の御紋章入り。

「根上り五葉」は、黒松に五葉松を接いだもので、樹齢は二百五十年という。

大鉢は伊万里・瀬戸・薩摩・中国伝来物などで、いったい、いくらの値がつくのかわからない。樹齢数百年の黒松・五葉松は、幹が太くて、エヘンと威張っていた。

昭和天皇は、山野草や天然の樹木を大切にして、盆栽には興味を示さなかったというから、仕立場の職人はヒヤヒヤしながら盆栽を育てた。

皇居の盆栽は、長い歴史のなかでスクスクと成長し、盆栽というレベルを超えていた。五葉松を観賞していると、大男の皇宮警察官が走ってきて、「伏せよ、陛下がお通りになります」と一喝され、地面にしゃがみこんだ。陛下の車は風のように走り去っていった。

と、思い出話を話したら、主人はくやしそうな顔をして、

「私だって、一千万円の盆栽を十鉢持っている」

と言う。

「どこにあるんですか。見せて下さい」

その盆栽は大宮の盆栽店に預けてあるそうだ。三年に一回ぐらい見に行って、三十分見てから帰ってくる、ということでした。

PART3 亡びゆくもの、つまずくもの皆色っぽい

畳の下には地雷が埋まっている

どうして、こんなに離婚が多いんだろうか。知人の半分以上が離婚経験者で、離婚していない夫婦のほうが珍しい。

優秀な企業戦士に限って妻とうまくいっていない。某社の部長は「妻とは五年間口をきいていない」というし、某学校の教授は、離婚した妻が家を出ていかない。その理由は「妻が住む家がないから」で、小さな一軒屋で別れた妻と同居している。妻にいわせれば「あんたこそ家を出ていきなさいよ」ということになるが、夫にしたところで、ほかに住む家がなく、愛人がいるわけでもないし、自分が買った家に住んでいる。

世間からは良妻と見られている妻が、家庭内ではとんでもない悪妻であるケースも多い。悪妻が夫を成功させるという俗説があるが、「悪妻がいるという夫はそのハンディをのりこえて、自分の力でのしあがった」のである。

明治時代、『小説神髄』を書いた文豪坪内逍遥は、根津遊郭の娼妓花紫（本名セン）を生涯の妻とした。学生が花街の遊女と恋仲になることはよくあったが、身請けして妻にするなんてのは、美談である。女郎にむかって「卒業したら結婚しよう」という学生はいても、実行する人はめずらしい。

逍遥がウブだったのであるが、センはたちまち悪妻の本性をあらわした。逍遥はやがて早稲田中学校長になり、早稲田大学の文科長や学長にも推されたが、悪妻センに悩まされつづけて固辞した。

晩年の逍遥は日記に「老妻の来《こ》し方《かた》をしるす」と書き残したが、その日記はセンによって焼き捨てられてしまった。松本清張は「逍遥は消極的自殺をした」と推定している。

離婚裁判で最高裁までいった知人がいる。凄絶な罵りあいとなり、互いに相手の人格を否定し、その精神的な傷ははかりしれない。ズタズタになって人間不信におちいり、裁判判決後に没してしまった。

離婚に要する体力は結婚の三倍かかる。また、離婚は当人どうしだけでなく、その夫婦をとりまく人間関係をこわしてしまう。

三年前に離婚した友人は会合があるたびに再婚した七歳下の細君を連れてくる。しかし、新しい細君と話す人がいない。前の奥さんのことが頭にあって、そうそうはうちとけない。離婚は当人のなかでケリがついていても、友人のあいだではケリがつかない。

熟年離婚しようといい出すのは妻のほうである。

夫にさしたる過失があるわけでもなく、妻を虐待した覚えもないのに、妻にいわせれば「いままで我慢に我慢を重ねてきた」ことになり、「積年の恨み」をはらされる。熟年離婚は文明社会特有の現象で、テレビドラマにもなって、「時代に遅れちゃいけない」と目ざめた人妻が駆け込み離婚する。協議離婚が成立すれば、財産分与があり、夫の年金分割も入るため、妻が路頭に迷うことはない。

ひと昔前の妻は「夫が死ぬのを待つ」という作戦ができたのに、いまの妻は待ちきれない。別れると決めると、妻は強くなり、「別れりゃ新しい人生がはじまる」と妄想する。それなら、もっと早くいってくれれば、夫にも打つ手があった。

夫婦には、

①仲のよい安定した夫婦

②破綻した仲の悪い夫婦

③首の薄皮一枚でつながっている破綻寸前夫婦

の三種がある。

①の仲のよい夫婦がさっさと離婚して、妻が「ずっと昔から仮面夫婦でした」とい

う手記を書いたりする。あるいは②の破綻夫婦が、じつは根が深いところでつながっていて、憎しみあいながら仲がよかったりする。せんじつめれば、ほとんどの夫婦が、

③首の薄皮一枚でつながっている。

企業戦士は、家庭ではたえず浮いた不安定なところにいる。会社では汗水垂らして働き、七人を敵にまわし、揺れ動く自分を制御しなければならない。

畳の下には地雷が埋まっている。

家庭には職場のシステムを持ちこむことができない。

とくに専業主婦が要注意である。家庭という閉ざされた圏内で行動するため、価値観が固定され、唯我独尊となる。

困ったことに、妻には人事異動がない。妻には「会社の論理」は通用せず、会社人間ほど妻に手をやくことになる。

男の企画力のかずかずは「欲望の見本市」であって、自在なる衝動につき動かされ、ときには暴走する。そこに家庭のブレーキがかかると、ただの世間的常識に輪をかけた中古品オヤジとなってしまう。

さあ、どうしたらいいんでしょうか。仕事をとるか妻をとるか。

という問題にたちむかって『妻との修復』（講談社現代新書）を書いた。

ひとつわかったのは、いちいち妻のいうことをきいている男のほうが、離婚をいい渡されることが多い。人妻の増長は無制限で、夫がつくせばつくすほど図に乗り、子どもと同じで手加減がない。

いまの御時世では、良妻賢母という発想はなく、金のかかった女、見ばえのする女が人気で、連れて歩くときにうらやましがられれば、男の力を誇示できる。けれど、六本木ヒルズに住むモデルやタレントたちがいい妻といえるだろうか。ヒルズ族のセレブ夫婦が開く鍋パーティは寒いですよ。

と書いたら、六本木ヒルズに住むT君から電話があって「それは、きみのひがみだよ」といわれた。T君は自動車修理工場を経営している。十一年間つれそった妻(高校の同級生)と離婚したのが九年前で、その後、新宿区役所通りにあったスナックのママと再婚して、昨年離婚した。

四月四日に、三度目の結婚をするから、結婚式に出席してスピーチをしてくれと頼まれたが、あいにくとスケジュールがあわない。

大安の日だというから、

三度目もまた大安のよき日かな

と祝電を打っておいた。

人妻の正体

男と女が、短い一生のあいだに幸福でいられる時間は限られている。どれほど仲のよい夫婦でも、賞味期限があり、期限切れを我慢しているうちに家庭内離婚となる。我慢できなければ離婚して別の相手を捜すことになるが、それにも賞味期限があるから、また離婚となる。そうこうするうち、結婚という手続きが面倒になり、特定の相手との恋愛関係をくりかえして、自分を消費していく。

親が離婚すると、その親を見て育った子は、小さいときから結婚という幻想を持たず、同棲しても入籍しない。はなから結婚願望がないので、結婚してから悩む、ということがない。かくして才ある独身女性がバッコするのであるが、人妻という言葉は男をしびれさす。背中に電線が一本埋めこまれたようなシビレ感がある。人妻→官能→嫉妬→不倫→離婚→再婚→流浪→淫乱→堕落→覚醒→心中→自立→遊蕩→熟成、というコースをたどり、ことに遊蕩→熟成のなかにいる女に男心がそそられる。

というようなことを漠然と考え、明治・大正・昭和の名流夫人を調べて『人妻魂』

という本を書いた。（『文人悪妻』と改題して新潮文庫）

で、自由が丘にあるABC（青山ブックセンター）という書店へサイン会に行ったところ、やってきた女性は、おひとりさまが多かった。

おひとりさまが『人妻魂』を読むというのも妙な感じだが、この本にとりあげた名流夫人五十三人のうち、じつに半数が離婚経験者であった。べつに、そういう女性ばかりとりあげたつもりはないのに、名をなした女性を選んでいくと、こういう結果になった。

『妾《わらわ》の半生涯』という自伝を書いた福田英子は、士族の娘で三人の男と結婚離婚をくりかえした。最初は自由党の壮士の男、二番目は政界の大物で、三番目はアメリカ帰りの法学士。幸徳秋水とも浮名を流し、晩年は若いツバメを囲った。

国木田独歩と離婚した佐々城《さ さ き》信子は、シカゴ在住の秀才学者と再婚するため渡米したが、乗船した鎌倉丸事務長と肉体関係をむすんで、シアトル港で下船せずに帰国し、有島武郎の小説『或る女』のモデルになった。

北原白秋の最初の妻福島俊子は、白秋の隣家の人妻だった。姦通罪で白秋ともども市ヶ谷未決監に拘留されたが、収監中に明治天皇が崩御され、恩赦で釈放された。めでたく結婚したものの、一年二カ月で離婚した。白秋と別れてからはお金持ちの医者と結婚して死別し、その遺産で優雅な生活をおくった。

半獣主義の不良作家岩野泡鳴《いわのほうめい》に離婚を迫られた婦人解放運動家の遠藤清子は、裁判所に同居請求の訴訟をおこして勝ち、『愛の争闘』という本を書いた。夫との「同居請求」の裁判なんて聞いたことがない。世間は「霊が勝つか肉が勝つか」とさわぎたてた。

女優で小説家の田村俊子は、二回の離婚をして、「天下の浪費妻」という名声を得て、中国上海北四川路の路上で急逝した。

伯爵の娘として生まれた美貌の柳原白蓮は、名門北小路家の夫と別れてから、九州炭鉱王伊藤伝右衛門と再婚し、「筑紫の女王」と呼ばれるうち、七歳下の左翼学生のもとへ走り、「絶縁状」を朝日新聞に公表した。旧民法のもとでは、妻から夫への絶縁状は、まったく異例のことであった。

日本のアインシュタインと呼ばれた石原純《あつし》教授（東北帝国大学理学部）と不倫して七年間同棲した美貌歌人原阿佐緒は、晩年は銀座クラブのマダムとなって天寿をまっとうした。

谷崎潤一郎の妻で、のち佐藤春夫と再婚した佐藤千代子は「人妻譲渡事件」として世間をさわがせたが、二人の文豪を手玉にとった贅沢な人妻である。

三角関係のもつれで大杉栄の寝首を短刀で斬った神近市子は、衆議院議員を四期つとめて、九十三歳まで生きた。

岡本太郎の母岡本かの子は、夫のほか二人の恋人と暮らした。一夫多妻ではなく、一妻多夫の逆ハーレムである。

俳人の杉田久女は、夫がいながら師・高浜虚子のストーカーとなり、二百五十通の恋文を出して拒否され、精神錯乱となり、病院の鉄格子の部屋で死んだ。

真杉静枝は、十七歳上の妻子ある武者小路実篤に囲われ、つぎに七歳下の新人作家と同棲し、小説家の中山義秀と結婚した。中山と別れてから紙商人のパトロンの愛人となった。男遍歴の多い人妻は、晩年はヒロポン中毒になり「呪われた美人作家」と評された。

みなさん、メチャクチャにやり放題だ。

金子光晴とできちゃった婚をした森三千代は、光晴と離婚、再婚すること数回におよび、六十四歳のとき、最終結婚届を出し、ようやくこれにて落着。一夫一婦制への反逆者として、その勇名をとどろかせた。

九十四歳で没した佐多稲子は、最初の夫とあわず、心中未遂事件後に離婚した。カフェ「紅緑」の女給となり、文芸評論家の窪川鶴次郎と結婚するが、窪川が二十一歳上の田村俊子とできてしまったので別れた。芥川龍之介に目をかけられ、「最初の夫との心中未遂とはどういう感じだったのかね」と質問され、芥川はその三日後に自殺した。

平林たい子は、十七歳から同棲した夫の山本虎三が内乱予備罪で獄中生活をおくっているあいだ、田河水泡（漫画「のらくろ」作者）と短期同棲し、つづいて雑誌同人やダダイスト飯田徳太郎と同棲した。夫の虎三が出獄するとよりを戻すが、飯田はそれに納得せずに大乱闘となった。

たい子の乱行を見かねた雑誌「文藝戦線」編集人・山田清三郎が仲裁し、喧嘩両成敗となり、つぎに「文藝戦線」同人の小堀甚二と結婚したが、四十九歳のとき、六年前に雇っていた家政婦と夫とのあいだに四歳の女児がいることが発覚した。大騒ぎとなった四年後には夫は狭心症によって死んでしまった。

九十九歳まで生きた宇野千代は、四回の人妻を経験している。最後の夫北原武夫（十歳下）とは二十四年間暮らしたものの、北原が雑誌「スタイル」（千代が編集していたファッション誌）編集部の女性を妊娠させてしまったため別れた。

宇野千代は「人妻にこだわらぬ人妻」の代表です。

見て見ぬふり

還暦をすぎてから「見て見ぬふり」をするようになった。電車のなかで化粧する女、コンビニで万引きする高校生、韓流スターに嬌声あげるおばさん、偉そうな演説をする女性活動家、高級車を乗りまわすハゲタカ族、ハゲタカ族のとりまきタレント、新幹線を走りまわる子、すべて、見て見ぬふりをする。

サラリーマン時代に自分を抑えてきた反動で、フリーになると、こわいもの知らずになった。そのため、暴力沙汰もたびたびで、事件になると面倒だから、なるべくニコニコするように心がけてきた。

四十代のころはよくテレビに出て、メンがわれた。人気が出て嬉しく感じたのは最初だけで、あとは顔を隠していた。

そのころ、横澤彪プロデューサーから、「夜の電車に乗ってはいけませんよ」と念を押された。酔客にからまれるからである。ひどくからまれれば、ケンカになる。酔客を蹴ると記事になって、恥をかく。

いまでも、少々、メンがわれているので、ついタクシーに乗り、世間が見えなくなる。

それで、ＩＣ（集積回路）チップ内蔵のスイカ（Ｓｕｉｃａ）を買い、昼間は電車に乗るようにした。車内でイカれたアンちゃんに出くわし、カッときて文句をいいたくなるがマテマテ、と自分を制するのは、若いときほど体力に自信がないからだ。

それに、はたして自分の感情が正しいのかどうか、と不安になる。電車のなかでキスしている男女を見ると「これがいまの時代なのだろう」と思って、見て見ぬふりをする。

コンビニで万引きをする高校生を見ると「見つかるなよ」と気をつかってしまう。スーパーをドスドスとのし歩くおばさんは、こわいので近づかない。道路でシンナーを吸っているネエちゃんはよけて通る。

かくして、「見て見ぬふりをする」術を身につけた。これが、はたしていいのかどうか。と、ウツウツとしているとき、ジジイをなめた相手に出くわすと、いま評判の暴走老人になる。「老いて狼」となる。

せんだって、電車に乗ろうとしたら、自動改札が使えなくなり、スイカを使わずに通りぬけた。シメシメただ乗りできるぞ、と思って飯田橋駅で降りようとすると、改札口で出られなくなった。いつのまにか復旧していた。スイカは便利なカードだが、いままで故障しなかったほうが奇跡である。あんなカード一枚で、モノレールにも乗れるし、駅構内で買い物もできる。自動券売機で切符を買うのが時代遅れに見える。そこまでは、まあ、どうにか世間についていけた。で、なにをいいたいかというと、スイカでも「誰何」のことである。誰何とは、誰かに声をかけて問いただす行為で、誰何と書いてスイカと読む。

ICカードのスイカも、自動改札機にスイカされているという気がする。一時代前は、夜遅く、道を歩いていると警察官に「なにをしておるのか」とスイカされた。「怪しい者だ」とスイカするのは警察官の仕事だから、しかたがない。

四十歳から二十年間は赤坂八丁目のマンションに住んでいて、夜中にしょっちゅうスイカされた。隣のマンションに閣僚が住むと簡易交番が立ち、外国の大統領が来日したときは、とくに警備が厳重になった。

夜中に酔っ払って歩くと警察官にスイカされ、スイカがいやだから神楽坂へ引っ越した。神楽坂の夜は、そこらじゅう酔客《すいかく》だらけで、スイカされることはない。

それで、ここしばらくはスイカされずにすんできたのだが、せんだってNHKでスイカされた。

その日は、早朝六時より三浦半島の久里浜で、檀太郎さんと鯛釣りをした。NHKテレビ番組の「にっぽん釣りの旅」の取材だった。テレビ番組は檀さんが主役で、私は脇役の客である。こちらは釣り雑誌「つり丸」の取材で出かけ、久里浜で会って、テレビ番組にもちょっと出演したのだった。

檀さんとの釣り勝負は負けたが、それでも、鯛二匹のほかイナダが釣れた。

午後二時半に沖上がりして、「つり丸」編集長・樋口タコの介のオンボロ車で渋谷のNHKへ向かった。

午後六時半より、NHK正面玄関の前にあるホールで「新・話の泉」（ラジオ）公開放送の収録がある。立川談志家元が仕切る番組だから遅刻はできない。

タコの介編集長は、オンボロ車をブンブン飛ばして午後四時半にNHKに到着した。正面玄関に入るときから、あまりに怪しいオンボロ車のため、守衛に睨まれていた。

そのままホールの楽屋口に行こうと思ったが、楽屋口付近も守衛が見はっている。六時半までには、まだ時間があった。

正面玄関で降りて、一階の見学客用待ちあい室にあるソファーに座った。下駄をはいているが、こちらはレギュラー出演者で、出番待ちだから、ケチをつけられる理由はない。

そのうち眠くなって、うとうとと眠ってしまった。

モシモシ。アンタ、こんなとこで眠られると困るんですけど、オイオイ、アノネ、ナニシテンノ。と、守衛に肩を叩かれて目がさめたのは午後五時であった。

なんだとオ。と釣りの帽子をとると、守衛は「や、アラシヤマさんですか」とおとなしくなった。暴走老人の殺気を感じたと思われる。

「じゃ、ゴメンよ」と立ってホール楽屋口へ歩きだすと、玄関横にいた別の守衛二名が追いかけてきた。

と、そこへやってきた立川企画の松岡由雄さん（談志師匠の弟）が、「この人は、それほど怪しい者ではありません」と助けてくれたのだった。

松岡さんは、ジロジロとこちらのなりを見て、だけど、これじゃあ、どう見ても怪しまれるな、という。汚れた釣り服で、下駄はいて、黒い帽子かぶって、肩から魚が入ったポリ箱ぶらさげてりゃ、守衛だって、見て見ぬふりはできませんや。不審者としてスイカされてもしかたないよ。

という次第で、おおいに反省したのだった。

赤い椿、白い椿

近所の廃屋の庭に椿の花が落ちている。黒土の上に落ちた椿は、黄色いおしべを抱いて、いろんな型で転がっていた。伏せた椿、しなだれかかった椿、咲いた姿のままの椿、がくを見せた無念の椿。

椿の落ち姿にデュマ・フィスの小説『椿姫』がかさなり、あんまり色っぽいので月光荘の小さいスケッチブックに描いてみた。

椿の花はドサリと落ちる。わずかに音をさせて落ち、花びらがひらひらと舞い散ることはない。花じたいに重みがあり、雨や露をふくんで重くなり、自らの重みに耐えかねて落ちる。それは崖っぷちから飛び降り自殺をする姫のようだ。

スケッチブックに落ち椿を描き、絵の具で彩色しながら、碧梧桐《へきごとう》の句、

赤い椿白い椿と落ちにけり

が頭に浮かんだ。「赤い椿白い椿と咲きにけり」ではなく、「落ちにけり」である。碧梧桐は椿が咲くところを見ようとはしていない。椿咲く庭を見ながら、あ、赤い椿、

つぎは白い椿か、あらま赤い椿、どんどん落ちますねえ、白、赤、白、赤、と観察している。

落ちるところばかりほめられる花はそうあるものではない。ほろほろとしずこころなく散る桜の花には余情があるけれども、椿は重みに耐えかねて、突然死のように落ちる。

椿の花を描いたのは、国立のギャラリーエソラで開かれるはがき展に出品するためである。エソラは、画廊喫茶店で、常連客だった山口瞳先生が「年末エソラ応援企画」をはじめ、すでに二十三年めになる。

今年の出品者は山口治子（瞳氏夫人）、関頑亭（瞳氏の盟友）、関敏（彫刻家）、竹中浩（瞳氏の友人・陶芸家）、甲田洋二（武蔵野美大学長）、齋藤恵子（齋藤茂太氏の令嬢）といった山口先生ゆかりの人のほか、嵐山（国立山口組）、安西水丸、岸田ますみ（水丸氏夫人）、沢野ひとし、南伸坊、林静一、三橋乙揶《おとや》、矢吹申彦、山口正介（瞳氏令息）、渡辺和博（遺作）、滝田ゆう（遺作）、関マスオ（画廊主）など三十名。

はがき（一号）に、気らくに描いた絵は、のんびりとして優雅である。

落ち椿を五枚描いてから、山本健吉著の『最新俳句歳時記』を開くと芭蕉の句があった。

落《おち》ざまに水こぼしけり花椿

きれいですねえ。さすがに芭蕉さんは落ち椿の色っぽさを見逃さない。椿の花が落ちるときに、花にたまった水がいっしょにこぼれていく。椿の花が水と一体となって落ちるところが見どころである、と思って芭蕉全句集をあたったが、この句が出てこない。

漱石は芭蕉の句からの連想で、

落ちざまに虻《あぶ》を伏せたる椿かな

と詠んだ。芭蕉の句が一瞬の音だとすると、漱石は小説である。ただ水をこぼしただけでは物語性に欠けるので虻をもってきた。椿の花が落ちるとき、蜜を吸っていた虻をまきこみ、花の下に押しこんでしまった。落ちた椿のなかで、虫がごそごそ動いている。

芭蕉が漱石の句を評せば、「作意が見える（つくりものである）」と叱りつけたかもしれない。

落ち椿の句は蕪村の、

椿落ちてきのふの雨をこぼしけり

がある。芭蕉の句よりもこちらのほうが「きのふの雨」と具体的である。蕪村は画家であったから、この句は一幅の絵になる。なんの解説もいらず、見たまんまの風情で、漱石の句のような作意がない。

芭蕉の句が全句集に採録されなかったのは「存疑の句」とされたからであろう。しかし、芭蕉の句と蕪村の句と漱石の句はリンクしており、ほとんど同じシーンである。似ているのに微妙にちがう。

はじめに、このシーンをつかまえた芭蕉は、ストレートに「水こぼしけり」としたが、蕪村は「きのふの雨」とした。蕪村の句には欠点はないが、芭蕉のようなひらめきに欠ける。漱石は水や雨のかわりに虻を持ってきた。

とくれば一茶で、一茶はどんな句を詠んだか。

こどもらがよけて駆けゆく椿かな

おそらく鬼ごっこでもしているのだろう。神社の境内か村の広場で、こどもらが走りまわって遊んでいる。けれども、地面に落ちている椿の花は踏まない。まことに一茶らしいユーモアがあふれる人間的な句である。

もう一度、四人の句を見くらべて下さい。

①落ざまに水こぼしけり花椿（芭蕉）

②落ちざまに虻を伏せたる椿かな（漱石）

③椿落ちてきのふの雨をこぼしけり（蕪村）
④こどもらがよけて駆けゆく椿かな（一茶）

どの句がいいでしょうか。句は個人の好みで、どれを選んでもいいのです。きまりましたか。

ここで白状すると、一茶の句は、一茶の気分になって、私がたわむれに思いついた句である。

うっかり一茶を選んだ人は、「なんだ、嵐山の句か。だましやがって、フテーヤローだ。それじゃ別の句にしよう」と思うはずで、申しわけないことをした。どーもすみません。

けれど、句の鑑賞なんてそんなもので、宗匠や俳聖の句だといってあがめたてまつることはない。絵もまたしかりであって画廊が何千万円という値をつけた作品がいいとは限らない。美術館に展示される数億円の絵も、貧乏ギャラリーに置いてある無名の絵も、見る人の好みによってどうにでも変わるのである。

ギャラリーエソラは、JR国立駅南口に出て、旭通りを左へ進み、雑貨のカドヤを右方向にいくと左側にありますが、駅から徒歩十五分ぐらいかかる。

エソラで出す煎りたてのコーヒーは香りがよくて、山口瞳先生好みの味がする。

白菜の浅漬け

新年会で、初夢の話になった。昔は元日の夜に見た夢を初夢といったが、いつのまにか二日の夜の夢をいうようになった。

村松友視氏は、吉行淳之介が運転する車でドライブに出かけて叱られた夢を見たという。坂崎重盛氏が「一吉行二唐《から》三開高ですな」とうなずいた。吉行淳之介、唐十郎、開高健の三氏は村松氏の兄貴分である。

「一富士二鷹《たか》三茄子《なすび》」が吉夢であって、いい夢を見なかったときは「夢流し」をして、三日、四日、とずらしていく。吉夢を見るために宝船の絵を枕の下に入れておくのが作法である。

大学教師を退官した中村君は「夢のなかに死んだ父親が出てきてどなられた」と述懐した。中村君の父は高校の校長であった。

夫とケンカしたリエ子さんは「ガラスの靴をはいたわ」と嬉しそうだ。ありゃま、王子様と会ったシンデレラ姫ですね。で、王子様はどんな人だったの、と訊くと、南伸坊のようなオムスビ顔で、とても三角だったんだって。なぜ南伸坊が出てきたのか、そこんとこがリエ子さんにもわからない。

で、南伸坊にそのことを電話すると、末井昭夫妻との新年会をしていて、「それは結構な宴会でした」という。

南伸坊の意見では「脳のなかがリフレッシュされずに、記憶が外へ出て行かないと、循環式温泉みたいにグルグル廻ってレジオネラ菌みたいなのがたまって吉夢を見ない」のだそうだ。

児童文学者の篠原君の初夢は「鯨に飲みこまれた」らしい。ピノキオだな。鯨の体内を見物して、そりゃ痛快だったらしい。

ミキ子姐さんは「ラブラブの夢だったけど、言わない。フフフ」と含み笑いをした。きっと若き日の自分だったんだろう。それを白状してしまうと、吉夢が消えてしまう。

ここまでの五人は、初夢を見ていた。しかし、そこに居あわせたほかの者は初夢を覚えていない。というより、見ていなかった。

安西水丸氏は、「夢は蒲団のなかに広がって、水みたいに溶けちゃった」という。夢で水びたしになった蒲団を干せば、夢も蒸発していく。

脳溢血でしばらく入院していた山本君は、「闇の奥にピカッと一条の光がさしこんだ」ような気がしたが、さだかではないという。山本君は、しきりにその光の奥の風景を説明するけれど、他人の夢の話を聴くのは億劫である。こりゃ、もう死期が近い、という気がした。

坂崎氏は、アーウーと唸りつつ、「天の岩戸の中に煮込み横丁がありまして、あとは、えーと、なんだっけ、アカサタナ、ハマヤラワ、……」と話に脈絡がなく、旧年よりの宿酔いがつづいたままだ。

話しながら、いま、しゃべった内容を忘れてしまい、初夢を説明している状態がすでにコーコツのなかを泳いでいる。

五十代のころまでは、よく夢を見た。極彩色の夢でストーリーもよく覚えていた。それで、忘れぬうちにメモしておいて、夢の小説本を一冊書いた。

すると担当編集者から、「夢の話を書くのは、作家が衰退した証拠です」と指摘された。書けなくなると夢に逃げ、そのあとは幽霊の話になる。サラリーマン小説で人気があった源氏鶏太がその一例だ。

そうと知って夢日記をつけるのをやめると、夢を見なくなった。夢は「見てやろう」という意志があって見ることができる。

枕の下に宝船の絵を入れるのは、吉夢を見ようという意志のあらわれである。ただ漠然と寝ていても、ロクな夢は見ない。

元日の夜、じつは怖い夢を見た。オカルト宗教の教祖と闘う夢で、暗い岩穴のなかで呪い殺されそうになった。なにを、この化け物めとたちむかい、バットをふりまわして乱闘している最中に目がさめ、汗をびっしょりとかいた。

凶夢を見て、かえって吉とする風習がある。逆夢《さかゆめ》は水に流す。いつもならば、朝五時ごろに目がさめて小便をしながら、あ、こんな夢を見ていたなと考え、トイレの水を流すと夢も流れていき、そのあとひと眠りして忘れてしまった。

原稿に追われているときは、夢のなかで書いている。ようやく書き終わったところで目がさめると、損をした気になる。どうせ夢ならば、酒を飲んでいたほうがよかった。

三十代のころは、夢はちょうどいいことがおこる寸前でさめた。おいしい料理を食べようとする寸前、飛行機でハワイへ旅する寸前、いい女を口説きおとす寸前、と、なんでも寸前で終わってしまった。

四十代になると、夢のなかのいいことを成就するようになった。夢で食べた料理の味も覚えていたし、ハワイの海で泳ぎ、ニューヨークのジャズクラブで飲んだし、美人女優とセックスしてから目がさめた。

これは、四十代でフリーになって、根性がきたえられて、しぶとくなったからである。夢の中で欲望をはたしてしまえば、こんなに楽しいことはない。死ねば、現実の人生も夢の中になる。ならば、生きているうちに、夢でやりたいことをすればいいと思った。そうと気づくと、いい夢を見ることができた。ただし、夢のなかで職をさがし歩き、電柱に張ってあった求人案内ポスターの会社に行ったことがある。

夢は現実の生活を反映するから、いくら念じてもつらい夢を見る。いやな夢を見ると、目がさめてから、「ああ、現実のほうがましだな」と気がつく。

四十代の夢は、吉夢と凶夢が半々だった。そのため夢の中の自分と現実の自分が分裂して、なにがなんだかわからなかった。

五十代に入ったら、夢なんて忘れちゃえばいい、と考えなおし、六十代になると、そんなことすら考えないようになった。

年をとると眠りが浅いため、うっすらとした短編の夢が多くなった。凶夢を見たつぎの日の夢は、白菜の浅漬けを食べる。サクサクと食べているうちに目がさめ、また、浅い眠りのなかに入っていく。ような気がするが、それも薄い味で、はっきりとは思い出せない。

二月は逃げる

二月は女性が美しい。肌に二月の冷気があたってピカリと光る。首をすくめて、ちょっと寒そうにしている女性が色っぽい。

峠の下のバス停留所で、赤いセーターを着た麗人がバスを待っている。

セーターのなかに女の裸あり（嵐山）

という句が頭に浮かんだ。

どこへ行くんだろうか。バス停の横には薄紅梅の花が咲いている。笹の葉が風に揺れると、影が動く。

前夜の雨で草が濡れている。

梅が咲いても肌寒く、雪の山河が消えていく。御婦人は買い物カゴから小さいノートを取り出して、空を見上げてメモをとった。

ははーん、句会に行くのだな、と察した。

二月は目に入るものが、ことごとく透明だ。色や音が澄んでいる。長い冬が終わって春めく寸前。

水を渡る風。

炎がさめた花壇の葉牡丹。

烈風のなかで釘を打つ音がひびく。

切り株に鶯が止まる。

海の底で蛤が動き出す。

畑では葱が折れ伏している。

枯れ菊に蜘蛛の糸がかかり、千切れている。

こういった情景が歳時記になる。新年や三月は季節感が強いので句を詠みやすいが、二月は難しい。

二八《ニッパチ》といって商品が売れない月である。

暖かい日が続いたかと思うと、また寒さがぶり返して冬に逆戻りした。これを三寒四温という。寒さが一進一退をくり返した。

カレンダーを見ると、四列しかない。一週間が四列並んで二十八日となる。

二月は逃げる。

ちぐはぐの下駄から冬が逃げていく。

下駄ぐらしの私は、足袋を脱いでみるが足指が冷たくなっていて、またはくことになる。神楽坂の居酒屋の畳の席で酒を飲んでいたら、足がしびれて立てなくなった。一緒にいた南伸坊が私の足にさわって「冷え症だよ」といった。冷え症は女性に出る症状で自分がそうなるとは思ってみなかった。ためしに伸坊の足をさわったら、あたたかい。冷え症なんていままで一度もいわれたことがなかった。

二月のいいところは酒が旨いことだ。熱燗を飲むと全身がぽかぽかしてくる。とくに足が熱くなって、足袋を脱ぐほどだったのに、やたらと冷える。

　だらしなく酔ひて四温の帽子かな

は草間時彦の句である。

　節分や肩すぼめゆく行脚僧（幸田露伴）

　叱られて目をつぶる猫春隣（久保田万太郎）

二月は、みなさんいい句を詠んでいらっしゃる。寒気はいっこうに衰えを見せぬが、日の光に精気が宿る。雑木林の枯れ枝の色がやわらかになる。

星が冴える。大三角形はベテルギウス、シリウス、プロキオン。大六角形はリゲル、シリウス、プロキオン、ポルックス、カペラ、アルデバラン。

星の話をしているうちに、夜が一気にふけていく。

酒飲めば舌がもつれる夜の雪（嵐山）
と詠んだらすかさず、
イタリアの霧降る町のワインかな（トノ）
トノは長宗我部友親《ちようそかべともちか》という名だが、殿様だからトノと呼ばれている。このところ俳句が上達して、句会でも高得点をとるようになった。トノの企画で三年間、文化放送で「花の俳句歳時記」という番組をやった。一回十五分ほどのラジオ歳時記だが、早朝の放送のため、聴いている人がほとんどいなかった。
それをまとめてCDを作った。トノが経営する「企画の庭」編だが、装丁は南伸坊で、伸坊が描くこぶしの花は、月光の下に白い蒸気みたいに花が咲いていて、ポカポカする。
花咲く窓から小さな物語がきこえてくる。書斎で仕事をしているときも、夜の居酒屋で酒を飲むときも、胸のなかに花咲く窓があって、語りかけてくる。
伸坊と酒を飲むと必ず午前さまとなる。途中で露骨（坂崎重盛）がかけつけると、もういけない。三軒四軒とはしごして飲みつづけ「逃げる二月」を追いかける。暴飲するわけではなく、チクリチクリと飲んでしまう。これは二月がそうさせるのだ。
しかし、まだ二月である。暮れから二月いっぱい冬眠して、物ぐさ太郎となり、ほとんど仕事をしなかった。旅に出ることもせず、近所以外へは飲みに出ず、人に会わず、昼寝ぐせがついた。大好きな沖釣りも休み、窓をあけて夜の静けさを見た。

元日の酔《よい》わびに来る二月かな（几董）

梅檀《せんだん》のほろ〳〵落る二月かな（子規）

冷たさは二月の雨の縄のれん（露骨）

夕刊を開いて二月の訃に涙（嵐山）

友人が三人没した。葬儀に行くと、つぎは自分の番だ、と思う。この歳になると、親しい友がどんどん死んでいく。そのうちの一人は、大学時代の友人で、没後一カ月に、ご子息からの通知を受けたのだった。

さて、あと何年生きるかわからぬが、風雅に行きたいと考えた。ところが、風雅というのは、やってみると退屈する。芭蕉は「風雅風雅とみなさんおっしゃるが、そんなにあるものではない」といっている。「高く心を悟って俗へ帰れ」という。土芳《どほう》編「三冊子《さんぞうし》」を読んでいたら、そう書いてあった。

俗を捨てて風雅の気分になり、フーガフーガと暮らして古典を読むと、俗へ帰れというので、わけがわからなくなった。

そろそろ冬眠の穴から抜け出して働く気になったものの気が重い。桜が咲くと心がいらだって、落ちつかなくなる。

桜が咲くのがうっとうしい。

花見に浮かれる世間がいやだ。

至福の時間は二月にある。

二月のカチンとした寒気のなかに風雅がある。

そう気がつくと二月は、もう終わろうとしている。うしろから押されて三月になる。

マテマテマテと二月をひきとどめても逃げていく。

二月は風に耳がある。

風の耳がこちらの動向をうかがっている。薄紅梅も星のまたたきも、冷えた味噌汁も、雀も、雲も、枯れ菊もみんなグルだ。

飲み終ってから、仕事場へ戻り、部屋にある電気ストーブを片づけた。

玄関の鍵をなくす

自宅の玄関の鍵をなくしてしまった。昨年の暮れにひとつなくして、予備の鍵を使っていたのだが、その予備の鍵をなくした。

寝室、トイレ、洗面所、書庫、書斎、納戸、屋根裏部屋まで捜してみたが、見つからない。わが家は本や雑誌や酒や雑貨が山と積まれている倉庫であって、そのなかから鍵を見つけるのは至難の業である。

捜しはじめると一日かかる。机の上をひっくり返しているうちに、書評する本がどこかへ消えてしまった。いらいらして寝室のフトンをはがしたところ、眼鏡がなくなった。眼鏡を見失うと、ケータイ電話がどこかにもぐりこんだ。

失《う》せ物は連鎖していき、頭が混乱してマッシロになる。ええーい、どこへ行ったんだあ、出てこいと怒鳴っても、相手はモノだから答えてくれない。そのうち、スケジュールを書きこんだ手帳が見あたらず、半狂乱の状態におちいった。

三日連続して捜しているうち、いったいなにを捜しているのかわからなくなった。

家人に「いったい私はなにを捜しているのでしょうか」と訊くと、「はい、これからそちらへうかがいます」という。

どういう意味なんだろうか。家人は知人と電話で話していて、こちらの質問は耳に入らず、どこかへ出かけてしまい、これまた失せ物となった。

心を落ちつかせて、まずは二階の寝室を徹底的に整理することにした。この八畳間和室は、私以外はだれひとり立ち入れない地雷キャンプなのである。月に一度くるお掃除おばさんも侵入禁止地域で、紙一枚も持ち出させない。

読みかけの本や雑誌をつみあげてヒモでくくると、十八束になった。次にテーブルの上にある文具類をダンボール箱に入れた。捨てる七箱と、保存用の五箱を用意した。

風呂敷、鉛筆、ハサミ、消しゴム、インク、便箋、NHK放送台本、硯、茶碗、セロテープ、液状のり、筆、ライター、ファクスの紙、薬、時計、クリップ、天眼鏡、小型ラジオ、懐中電灯、ポケットウィスキー、お守り、ペットボトル、筆箱、と、やたらあるな。

ローソク、ポスター、名刺、マスク、手ぬぐい、チューインガム、電池、バッジ、取材メモ、石けん、地図、ナイフ、スケッチブックは、みんな捨てる。

ボールペンだけで五十本ちかくあって、そのほとんどは、インクが固まって書けなくなっていた。

捨てるほうの箱は、燃えるゴミと燃えないゴミにわけた。

圧倒的に多いのはファクスされてきた紙と、本や雑誌の郵送品である。宛名に自宅住所が印刷してあるので、それをはがす。

ヒコーキに乗るときに貰った洗面具セットが十二個あった。ビジネスクラスに乗ると、いろいろとくれる。全日空のピーナッツの袋。新幹線で買った酢コンブとホタテ貝柱。クジラ大和煮缶詰。ペシャンコになった釣り用帽子。磁石。北京で貰った松の実とザーサイ。スルメ。切符の半券。これも捨てた。

ロンドンで買った望遠鏡は捨てがたい。中学生時代から使っている定規も捨てない。ナショナルの電池ゴミ吸い器は亡父の形見だから捨てない。スイッチを押して机の上のゴミを吸いとる道具である。

北京で買った古時計はどうしようか。二万円を八千円に値切った時計で、二年前の大整理のときは捨てずにとっておいた。

えーい、捨てちまえ。モスクワ空港で買った人形も捨てる。ホッチキスも捨て、輪ゴムでとめた名刺の束も捨てた。名刺を捨てるときは、ハサミで切る。そうしないと悪用される。社長の名刺も知事の名刺も歌手の名刺も切り捨てた。

記念品の時計、カセットテープを捨てたところでケータイ電話が鳴った。部屋の奥にかけてある革ジャンのなかで鳴っている。

立川競輪に着ていった革ジャンの内ポケットに突っこんであった。ケータイとともにシワクチャの千円札が三枚出てきた。

よしよし、とケータイ電話をさすると、風呂場の脱衣所から眼鏡が出てきた。ただし三年前になくした眼鏡で、蔓がはずれている。蔓を輪ゴムでとめて、さきほど捨てた酢コンブをしゃぶると、ひからびていた。

部屋が埃だらけになったので、捨てたマスクをかけて、どんどん整理していく。

ブラジルで買った土産品が袋ごと出てきた。ネックレス、絵ハガキ、サンパウロ警察の記念品。どうしようか、と迷いつつ捨てることにした。

ロスで買ったサングラスも捨てる。ニューヨークのブルーノートで買った帽子も捨てる。神田で買った古本も捨てる。捨てながら、なんでこんなものを買ったんだろうかと反省した。

捨てるほうのダンボールを隣室へ置くと、部屋の畳が青々と見えてきて、湖のようだ。

意外と多いのは衣類である。服をしまう私専用の部屋はあるのだが、そこは進入不可能で、オーバーや背広のほかTシャツやズボンが押しこめられている。

そちらを整理すれば、寝室もすっきりするはずであるが、いまはそこまで考える余裕はない。いらいらしながらも全身から力が脱けていく。

不要品をダンボール箱につめつつ、断腸の思いにかられた。捨てようか捨てまいか、と迷いつつ、捨てていくと、思い出が、ひとつずつ消えていくのだった。ほとんどのものが無用でありつつ、あれば便利なのである。

カッター、紙やすり、ドライバー、中国茶、胃薬、小銭入れ、くるみの実、簡易コルク抜き、ヒモ、ホカロンの古いの、手袋。

一心不乱で寝室を整理すると、リヤカー一台ぶんのゴミが出て、部屋が片づいたのでひといきついた。

ポケットウィスキーの残っていたぶんを飲みほしてから、めったに入らない二階のトイレに入った。二階のトイレは電球がきれたままである。

すると、窓わくに鈴が光っていた。玄関の鍵につけてある鈴ではないか。

やったあ、やっと見つけたぞ。トイレの窓から冬の空が見え、リンリンと鍵の鈴をふった。

テンプテンシキ

慶応病院の循環器内科で心臓病の定期検査をしたところ、とりあえず「コノママデイケ」と診断され、機嫌よく麿赤兒《まろあかじ》主演の映画を見た。

血圧をさげる薬と痛風治療薬を飲んで渋谷のイメージフォーラムという映画館へ行った。この映画「裸の夏」は麿赤兒が率いる舞踏集団「大駱駝艦《だいらくだかん》」の夏の合宿を追うドキュメンタリー映画である。

麿赤兒とは五十年近い友人だが、昔から「からだがありゃいいんだよ」が口ぐせである。

私は過去二回吐血をしたが、「からだがありゃいいんだよ」と、麿の呪文をおまじないのように唱えると、たちまち快復してしまった。

麿リロン「天賦典式《てんぷてんしき》」は、「この世に生まれ入ったことこそが大いなる才能とする」という意味で、生きていることじたいが才能なんだから、人間はみんな才能があることになる。けっこう大ざっぱなリロンだが、麿からそんなふうにおだてられると「自分には才能がある」と思いこんで、テンプテンシキ、テンプテンシキ、と唱えて生きてきた。

麿は極貧生活のなかで、二人の立派なご子息を育てた。長男は「ゲルマニウムの夜」の大森立嗣監督で、次男は俳優の大森南朋である。ご子息はこのテンプテンシキで才能が開いたのである。

大森という代々の姓がありながら、麿赤兒というキテレツな芸名にしたのは、デビューが唐十郎の「状況劇場」で、「特権的肉体論」をかざしていたから、と思われる。そのころは、紅テントの観客の頭を踏みつけて登場する怪優で、六〇年代の新宿を席巻する乱暴者だった。

麿はテンプテンシキの奥義に到達した一九七二年に舞踏集団「大駱駝艦」を旗揚げした。なにからなにまでオカルト宗教を思わせるブキミな集団だった。

以後三十五年間、ドッタン、バッタンと世界各国で圧倒的なパフォーマンスをくりひろげてきた。

「裸の夏」を作った岡部憲治監督は、長寿番組「世界の車窓から」のプロデューサーで、車窓とテンプテンシキを、いかなる方法で合体させるのか、に興味があった。

まあ、車窓も「窓よりの風景をもって列車の才能とする」ところがある。

映画館は立ち見がでるほど満員であった。上映前に麿と荒木経惟との対談があった。天才アラーキーは、ここ数年、大駱駝艦公演のポスターを撮りつづけている。「裸の夏」は、長野県白馬村で、一週間おこなった舞踏合宿のドキュメンタリーである。普通の主婦、学生、サラリーマン、外国人など、三十四人が集まってくる。いずれも初心者で、舞踏経験はない。

それが、テンプテンシキの呪法によって、ミルミル舞踏名人となる。男は断髪され、女はパンツ一枚のハダカに金粉を塗ったダンサーと化し、最終日の山の上の公演とあいなる。麿は素人に魔法かける伝道師となった。

ようするに、人さらいなのだ。人さらいされた主婦や学生は、いままで体験したことのない闇の迷宮へひきずりこまれる。金色の裸で、夜空の下で踊ると、それまで肉体に憑いていたヨゴレが浄化され、マッサラになる。

山岳信仰の舞踏版であるな、と気がついた。一週間の合宿が終わると、塾生は、はればれとした顔になって帰っていく。

「これは青春映画だ」

と納得した。

麿とアラーキーの対談に自発的に参加して、テンプテンシキ、テンプテンシキと合掌しつつ、大駱駝艦がオカルト宗教でなくてよかったなあ、と胸をなでおろした。麿が教祖となってオカルト宗教をひろめたら、とんでもないことになる。

ひさしぶりに旧友と会うと同窓会気分でうかれてしまう。昔はしょっちゅう会っていたのに、ジジイになると三年に一回ぐらいしか会わない。そのまま、和風居酒屋へ行き、テレコムスタッフ大伴直子プロデューサーも加わって宴会となった。

麿は九年前、胃ガンで胃を切ったから、ビールは飲めない。そのかわり焼酎を飲みつつ、

「体は衰えていくが、いつまでもガキのままだ」

と自慢した。

「合宿はジジイと若者の戯れで、田んぼで泥塗り遊びをする延長です、変身希望ですな。人間のカラダは皮袋一枚なんだから」

すると、アラーキーが写真集『東京緊縛』をとりだして、

「これから時代は緊縛だア」

とイッパツかました。

弁当箱のように厚い写真集は、そこいらじゅうに女性が開脚したまま縛られ、天井から吊るされている。

「キンバクはいまや世界に誇る日本の文化で、フジヤマ、キンバク、っていうくらいだからね」

磨赤兒、荒木経惟、岡部憲治は、いずれも旧友であるけれども、この三者と一緒に酒を飲むのは、はじめてである。

それぞれとは個人的なつながりが長いのに、こうやって飲んでいるのが不思議な感じがした。

そのうち、坂崎重盛が宴席にかけつけて、

「見よ。新刊の名著だぞ」

とばかり『東京読書』をドカーンとテーブルの上に置いた。『東京緊縛』よりさらに厚い。東京本コレクターの重盛氏が、百三十四冊を評した力作で、

「読むと東京の町が楽しくなる。土木、建築、造園の三要素が入ったテンプテンシキである」

と解説した。年をとってくると、みなさん自分の本だけにしか興味がない。本のトビラに「妾宅で『櫻史』を読む昼下り」の一句を書いてよこした。

磨さんは、

「俺は田舎モンだから、東京生まれの人にコンプレックスがあるんだよ」

と口をへの字にまげて、いあわせた宮内文雄氏に、

「おい、きみが写真をとった本を出しなさい」

と命じ、『麿赤兒　ガドウィンの河を渡るとき』を示して呪文を唱えた。

「風は西からだ。風の流れに沿って、大いに馬を跳ばそうか。……」

ああ、居酒屋がどんどん昔になる。カバンのなかは、いただいた本でパンパンにふくらんだ。全部持って帰ると重くて、腰がぬけそうだ。

酔った勢いで、新宿ゴールデン街へ行き、アラーキーは「キンバクだあ」と叫び、重盛は「妾宅で……」とつぶやき、麿は「弁天小僧」を熱唱するうち、夜があけていく。

このようにして、人間は年をとっていくのです。

下駄生活者

どこへ行くのにも下駄である。一度下駄の味を覚えてしまうと忘れられなくなり、葬式も講演も出版記念会もＮＨＫテレビ生出演も下駄をはいていく。神楽坂の仕事場は、すぐ隣が石畳の坂だから、歩くとカランコロンといい音がする。この音がたまんなく心地いい。料理屋の座敷にあがるときはすぐに脱げるし、帰るときも、モタモタせずにはける。不便なのは走れないことだ。若いころ、路上でケンカを売られたときは、右手で下駄を持ち、相手の頭をぶん殴って、裸足で逃げた。両手に下駄をぶらさげて、裸足で路地を駆けめぐると、足裏にピカッと電流が走って、ゾクゾクした。

この年になると、路上バトルこそしなくなったが、それでも向こうから殺気あるあんちゃんがやってくると、先手必勝で脛を蹴り、裸足で逃げようと身がまえ、逃げ道をさぐる。無意識のうちに、それをやっている。

けれど実戦になることはまずなく、これはジジイの習性であろう。カランコロンと下駄の音をならすことじたいが時代遅れなのである。

下駄は神楽坂助六という店であつらえ、下駄箱には十四足ぐらいある。昨年の暮れ、浅草へ出向いたとき、黒下駄を買った。荷風の句、

下駄買うて簞笥《たんす》の上や年の暮

を思い出したからである。荷風の随筆集に『日和下駄《ひよりげた》』がある。年の暮れに、新年用の下駄を買って、ひとまず簞笥の上に置いておく、という荷風の流儀を真似したくなった。

若いころは雪駄をはいていた。竹皮草履の裏に牛革をはりつけ、裏鉄《うらがね》をつけた。歩くとチャリチャリと音がする。「テキヤみたいで下品だ」と先輩に注意されたが、なにこれは千利休が創意したんだぞ、と講釈しておいた。

雪駄をはいていると足に水虫が出なくなった。足の親指さきに力が入り、血のめぐりがよくなった。革靴なんてきゅうくつなものをはくと、足がしめつけられて、刑罰を受けている気分になる。

俗に「下駄をはかせる」とは、試験の点数を上のせすることで、オマケである。わずか二センチほどだが背が高くなるのも捨てがたい。

せんだって牛込神楽坂で半藤一利氏の漱石講演会があり、パネルディスカッションに出席するため、出かけていった。

講演会後、半藤夫妻に市ヶ谷の中国料理店でごちそうしていただいた。太田治子さんも一緒だった。

その講演会へは、草履下駄をはいていった。銀座ぜん屋で買った高級品で、駒下駄の表に畳表がはってある。漱石に敬意を表して、一番いいのにした。はいたときから鼻緒がゆるくなったな、と感じていた。そうと気がつくと、ゆっくり歩くようになる。

下駄を乱暴にはくから、荷風の『日和下駄』みたいに優雅にはいかない。以前、立川談志家元から「はき方の作法を知らない」とたしなめられた。音をたててはくのは、書生の下駄であって、音をたてずに色っぽくはかなきゃいけねえよ、といわれた。談志家元には二足の下駄をいただいた。キツネ毛の襟がついた黒いトンビ(二重まわしの外套)もいただいた。トンビをはおって下駄をはいて歩くと、大正時代の探偵みたいになる。

下駄の鼻緒が切れたときは自分ですげかえるつもりだったのに、いまは鼻緒が強く、下駄の底がさきにすりへってしまう。

下駄の底がすりへって、センベイみたいになるころに、鼻緒も切れる。同じ下駄ばかりはくと、三カ月ほどですりきれる。下駄のさきが石にあたって割れることもある。いろんな下駄を順番にはくと、二年ぐらいはもち、はいているうちに、右足の下駄と左足の下駄がきまってくる。

はきぐせがつくのだ。そういうときは左右の下駄を入れかえると、まんべんなくすりへっていくこともわかった。

秋から三月いっぱいは足袋をはく。四月から夏にかけては裸足ではく。裸足ではくと足の指がヒヤヒヤとして、気持ちがいい。ただし、足裏が汚れる。桐下駄だと、下駄の表が黒くなってくる。ということで、しょっちゅう足を洗うようになった。

三月いっぱい足袋をはくから、鼻緒のさきに指がくいこむのである。

漱石の講演会には談志家元にいただいたトンビをはおり、山口瞳先生にいただいた黒いソフト帽をかぶり、ぜん屋の草履下駄という特Aセットのなりで出かけたのだった。せいいっぱいの服装である。

会は盛況で、超満員であった。講演会に出ているあいだ、右足の草履下駄の鼻緒がゆるくなるのが気になっていた。

市ヶ谷の中国料理店まではもち、どうにかやりすごしたが、食後、JR市ヶ谷駅まで三百メートルほど歩いたところで、足の指さきからすーっと力が抜けた。鼻緒が切れた。

駅前で半藤夫妻と別れて、路上に座りこんだまま、鼻緒をすげかえようとした。だけど紐がない。

草履下駄の鼻緒は木綿真田紐である。指でついてもほぐれにくい。カバンからボールペンをとり出して穴をつつき、どうにか鼻緒の切れはしを取り出したが、畳表がはってあるので、穴が小さくて、紐が通らない。

普通の下駄ならば、穴が大きいから、すぐに紐が通り、応急処置ができるのに、草履下駄だと、うまくいかない。

漱石の『草枕』を思い出しているうちに、腹がすわってきて木綿真田紐をほぐし、ボールペンのさきで下駄の足へさしこむのに三十分かかった。

その間、すぐ下をJR中央・総武線が通り、通行人がのぞきこんだ。

どうにか鼻緒の応急処置をして、電車に乗って飯田橋で下車し、神楽坂をゆるゆるとのぼった。そのときに、ふっといい句が浮かんだので、御紹介いたしましょう。

下駄の緒が切れて路傍の花を見る

ひとつとなり

北海道大雪山系の一角に人知れず一つの湖があってそこに幻の魚が棲んでいるという。背ビレ、腹ビレ、尾ビレを持ち、銀色の筋が走り、そこに赤い斑点が散っている。そのかぎりではイワナだが、さらに腹ビレの前と後ろに小さな脚が二つずつ、その四つ脚で這い歩く。イモリでもサンショウウオの赤子でもない。

幻の魚を追って、地図上の空白地帯であるトイマルクシベツ支川をさかのぼったのは、ドイツ文学者の池内紀氏である。

はたして幻の魚がなんであったのかは、池内紀著『ひとつとなりの山』を読めば、わかる。べつにわからなくてもいいのだが、気になるのは「ひとつとなり」という目のつけどころである。「ひとつとなり」は料理店もそうであって、人に知られた有名料理店の一軒となりにうまい店がある。

あるいは明治時代の記念写真に、著名な文豪が並んでいて、前列左より永井荷風、森鷗外、佐藤春夫、高村光太郎、ひとりとんで北原白秋、とある。「ひとりとんで」

とされた光太郎のひとつとなりの人物が、じつはこの五人をむすぶ重要なキーマンなのである。

かねてより「ひとつとなりの人」が気になっていたところ、この登山記を読んで、自分がかかえていたややこしい趣味の正体がわかりかけた。

大雪山は、深田久弥の『日本百名山』の五番目にあげられているが、池内さんは大雪山のひとつとなりの山に目をつけた。

深田久弥は、茅ヶ岳《かやがたけ》登山中に脳卒中のため六十八歳で没した。池内さんはピークハンターのように山頂ばかりをめざさない。途中のどこかを自分の山頂にしてそこで切り上げてもよし、としている。

池内さんは七年前に『日本の森を歩く』という登山記を書いていて、その本はかなりイノチガケの気配があった。三年かけて北から南まで三十ちかくの山を登った。

今度の登山記は、休み休み登って、途中のベンチで腰をおろし、大木の根に寝ころんで、いい気分になると眠ってしまう。

なによりいいのは、山の湯が出てくるところで、山で一泊、麓の山の湯で二泊する「王侯貴族の山旅」である。まず山麓で一泊して、山気を全身で感じて、からだを山にならす。山頂近くの山小屋に泊まり、下山してから、ふたたび山の湯の宿に泊まって、酷使した膝や腰をいたわる。山菜が並ぶだけの粗末なお膳でも、ビールがやたらとうまい。さぞかしうまいだろう、と読みながら缶ビールを飲むことになる。

ひとり登山して、うしろに人の気配がすると、すぐに「どうぞ」とやりすごす。足音に追われるのはイヤなものだし、自分のペースで歩きたい。

すると、池内さんの初恋の人があらわれる。昔の姿のままで、ポニーテイルと呼ばれた当時はやりの髪型で、頭の中に浮かんでくる。今川焼を食べながら、二人でしきりに歩きまわった記憶。そうだったのかあ、昔の女に会いに行くんですね。そういうコンタンとは気がつかなかった。

兵庫県の雪彦山《せっぴこざん》連峰は最高峰が九六〇メートルで、山の雑誌では「低山徘徊コース」とよばれている。池内さんのふるさとの山である。

中学二年のとき、学校行事で山道を駆けのぼったときに、池内少年はちょっとしたいたずらをした。もう半世紀前の「前科」だから、すでに時効であるが、その「前科」をいまなお忘れがたく、「ここで打ち明けて」おくことになる。

その部分を読むと「自分もこれに似たことをしたな」と思い出した。

思い出は、甘美なるものだけではない。ふるさとの山を歩くと、苦い記憶が空に浮かぶ昼月みたいにぽつんと現れ、グラリと揺れる。ササの道を歩きながら、「六根清浄」を祈念することになる。読むほうだってグラリとする。

あるいは鹿児島県の開聞岳を下った港町で、まっ黒に陽やけしたおやじさんに話しかけられる。

「○○××△△?」

強度の薩摩言葉なので意味がわからない。キョトンとしていると、

「××○○△△?」

ますますわからない。こういうときの質問は、ほぼ「どこから来たのか」ということにきまっているので、あてずっぽうに「東京から」というと、おやじが驚いた顔をして、

「□□○○××△△?」

という。意味不明だが「なにをしにきたのか」と想定して「山登りにきたが、開聞岳はとてもいい山だ」とつけ加えると、こんどは嬉しそうな顔になり、少しずつ、うちとける。

このへんの呼吸は、民俗学者の柳田國男翁が、村の衆から昔話を採集するようで、プロである。

チンプンカンプンの会話がつづいたあと、言葉が聞きとりにくいのは訛りのせいだ

けでなく、老人の前歯がすっかり欠けたためであるとわかる。おトシは九十三歳だった。かくして「○○カキアゲ△△?」が、薩摩揚げ（カキアゲ）のことで、「イタツキ○○××△△?」が名産カマボコであると察し、たがいに顔を見合ってうなずきあうことになる。

ひとつとなりの山を歩くと、心身が浮遊し、半眠りのなかを過ごす。ここで池内さんが「七○歳峠にさしかかった」とわかるのだが、読んでいる自分も七十歳峠にさしかかり、その間合いを追体験する。池内さんが、半眠りの過程を書くのは、見えざる力が指さきに伝わって、指がつぶやくのだ。

山の生き物は自然の生理に即して生きており、小鳥の啼き声にも少しずつ違いがある。雲が流れるにつれて、かなたの稜線に影が落ち、その陰影のあたりに七十歳峠がある。

これが山歩きの初恋幻視者がたどりつく峠で、私も草軽電鉄跡を旅しながら、うつらうつら読むうち、半眠りの快楽に酔った。

紅葉が散りはじめた小瀬温泉の湯につかって、なかばモーローとして、この一文を書いている。

秋のさかり

敬愛する友人に、いささか怪しい色事師がいる。

植物に詳しいから、名を秋草君としておく。なにかの機械部品の特許で生活している。秋草君とは婦人雑誌の「いい女の条件」という対談で会った。秋草君は詩人・工学博士・東北大卒という肩書で、三冊の本を書いている。

神楽坂で偶然会ったので昼飯のカレーライスを食べつつ「色事技法」を伝授して貰った。秋草君は五十七歳で独身である。秋は植物園にくる女を狙う。

色事の基本は①物欲しそうにしない②自分のことを自慢しない③愁いのある声で静かに話し、④自分で自分をだます⑤平気で嘘をいう、の五点である。狙いめは四十〜五十歳代で「野草を乱暴に摘む女」にしぼる。そういう女は独身か、あるいは男で苦労しているという。

植物園に金木犀《きんもくせい》の香が漂ってくる。紅葉が散っている。女があかまんまの花一本をむしりとった。このときがチャンスである。

女の横に立って別の秋草を見つめて、じっと黙っている。視線はあわせない。秋草を媒体としてテレパシーを送る。すると三人のうちひとりには通じる。無言の会話。紅葉が散ってくる。黄色いポプラの葉、橙色の柿の葉、深紅の楓。そこらあたりはだれでもわかる。女が葉を一枚拾うと、その木をいいあてる。

「南京はぜですね」

ぽつんという。秋草君はむくの木、かつら、榎《えのき》、唐楓《とうかえで》、山法師《やまぼうし》、江戸桜、れんげつつじ、はぜの木、みんな知っている。

女がふり返っても視線はあわせない。秋草に深い思いをはせる謎の人物に化ける。自分で色男と思えば、色男になってしまう。

ごきづるが小さい花をつけている。けなげな花で、草影も薄い。ごきづるのまきひげが芒《すすき》に巻きついている。小さな実が割れて、種子が出ている。

「じゅずだま」

と女がいう。これは、仮にであって、みずあおいだろうと、ハッカの花だろうと、つりふねそうだろうと、なにをいうかわからない。女が反応することがポイントで、それに対して感想をいう。

「江戸川の土堤の雑草が刈られましたが、じゅずだまだけ残されているんです」

少しずつ話がはずむ。話すのは植物に関してだけである。一時間ほど一緒に花を見てすごす。別れぎわに、

「きのう向島百花園に、つるりんどうが咲いてましたよ。来週の水曜日がすいていますから、よかったら見にいらっしゃい」

と言いおいて立ち去る。これが第一段階の仕込み。それで向島百花園で待ち構えるのだが、やってくるのは三人にひとりの確率だ。

二度めに会ったときは、なにかと話しこみ、長命寺の桜餅なんぞを食べ、芭蕉の「雪見句碑」を見て、浅草のビヤホールで飲む。

日が暮れると、黄昏の芒がいいなあ、なんて話をする。話題は植物だけ。秋草から秋草へ吹きわたる風がいいんですよ。煙がこもる葛の花、焼け跡に咲くコスモス、ひたすら咲いて散る山茶花、山道の石段にこぼれ落ちる萩の花。

花の話ならいくらでも出てくる。ビールを飲めば女も話がはずむから、それに対する感想をいう。ボクトツに相手をほめる。女をその気にさせるには急所をつかんだほめ方が必要で、それが秋草君の技術である。なんでもほめりゃいいってもんではない。

自分の正体はあかさない。つぎに高尾山の芒を見に行きましょうか、と約束する。芒ってのは壺に挿しただけで、すぐ風にそよぐ姿になっちゃうんですね。若いころ芒

の道をまっすぐ歩いていったことがありまして、行けども行けども芒の原。日が暮れて黄昏の芒。芒のなかに峠があるんです。野宿して起きたら、入日のなかで芒が燃えていた。さらにどんどん進むと、突然……。

「富士山があらわれたのです」

と話して立ち去る。二回めもスパッと別れる。山の宿なら、どこでもいい。四回めはないと思って、勝負は三回めで、全力で口説く。秋草君は長身白髪で、老いたりとはいえ、歴戦のキャリアがあって、雨に濡れた草紅葉を見ているときなんぞに女を抱きしめる。霧があるといいらしい。曇り空の野原で、水引がわずかに影を落とし、野菊が足にからまる。

白萩の花が咲くと女は乱れる、らしいんですね。そうこうするうち、逢い引きを重ね、いつのまにかヒモ状態になる。一年もたてば女のほうから別れ話が出て秋草君がお払い箱になるのだが、そのときは似たような手口で別の女に手を出している。

女の家を出るとき、秋草君は、紙に、

萩咲て家賃五円の家に住む

という句を残す。子規の句である。白萩は、情の深い花だが、そのぶん手に負えず、乱れる。と、こんな感じで、秋草君は女から女へと渡り歩いてきたが、一年単位で女が入れかわるわけではなく、十年前の女とよりを戻したりしているらしい。

「だから私はすさんでいるのです。女をだますつもりで、じつは自分をもてあそんできたんだ」

と自嘲するのだった。会うたびに「女にもてた話」をされるので、じつのところ、くやしくて「ザマーミロ」と思った。すると秋草君は、

「こういう哀しみは、きみにはわからんだろうよ」

と同情してくれた。席を立ちながら、

「これから、向島百花園へ行って秋の七草を見るんです」

といった。きっと、そこには妙齢の御婦人が待っているんだろう。秋草君は六十歳をすぎても、こんなことをくりかえすのだろう。女より植物のほうが好きなのかもしれない。

ということで、植物園で女に声をかけてくる初老の紳士がいたら、それは秋草君ですから、よろしくお相手して下さい。

PART 4「下り坂」繁盛のコツ「平気で生きて居る事」

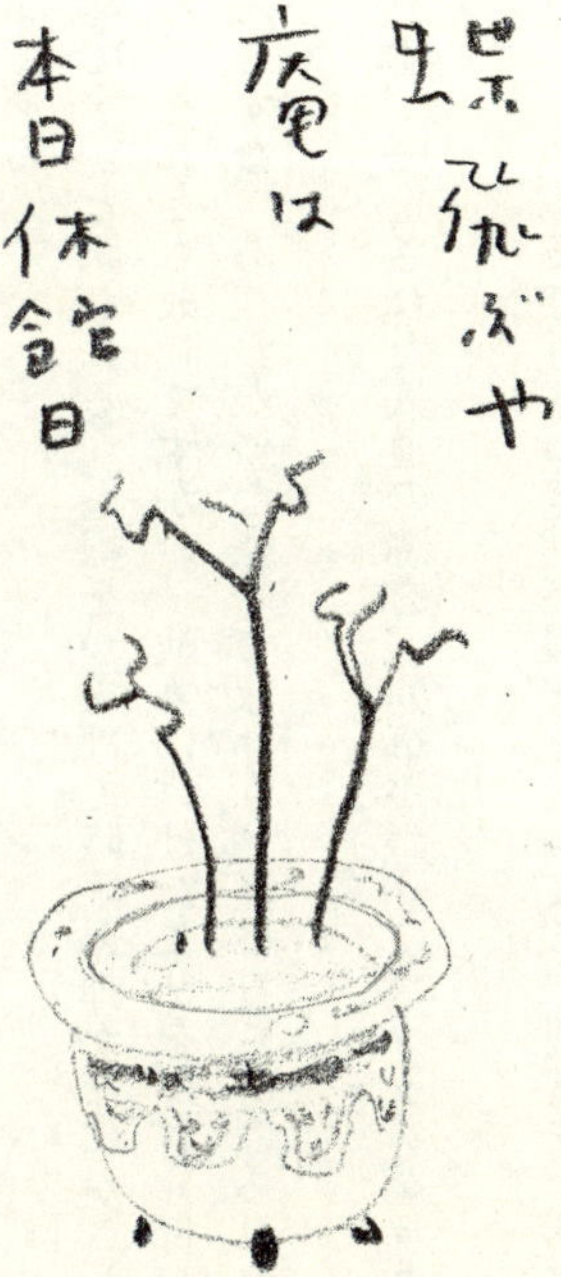

ハイセン趣味

趣味はハイセンである。

というと、配線ですかと訊かれる。電線をつなげて時限爆弾かなにかこしらえてんの、爆弾テロだろ。それとも敗戦ですかい。戦争に負けたことを反省分析して、時代を見つめなおすんですな。あ、わかった廃船でしょう。浜に打ちあげられた廃船でキャンプしたりして。

違うの。廃線です。廃止された鉄道の跡を、列車がわりにゴットンタラタラと歩いておるのだ。

わが旅も行きつくところまで行きつき、廃線跡を犬のように嗅ぎまわる日々になった。もともとローカル線が好きで、『日本一周ローカル線温泉旅』『日本全国ローカル線おいしい旅』（ともに講談社現代新書）を書いたが、そういったローカル線が、片っ端から廃線に追いこまれていく。

廃線になるのは、ひなびて味のあるローカル線ばかりである。地面がずり落ちたような海沿いのローカル線は、いとおしい日本の風景である。特急に乗れば一時間で行けるところを三時間かけて旅していた。地元の人々に密着していた生活路線である。

どれほど風雅な地も、あわただしく過ぎればただの絵葉書にすぎない。古びた駅で降り、貧相な山の湯の宿に泊まり、古障子の破れ穴より差し込む光を見てきた。これぞ下り坂趣味の快感である。

旅に出る前は虫封じのまじないをし、名所旧跡を避け、おんぼろローカル線のシートに身をしずめ、ゴットンゴットンと下ってきた。

ところがどうだ。そういった哀愁の路線に限って廃線となる。高速道路ができて、山奥や岬のすみずみまでクルマで行ける。するとローカル線は赤字となり、廃線に追いこまれる。

あと十年もすれば、原油は枯渇し、ガソリン不足で、自動車万能の時代は終わる。全国に張りめぐらされた高速道路は、利用者が減って、ろくろく修理もされなくなる。そのときになって、ローカル線を残しておけばよかった、と気がつくのである。

廃線ときまると、どっと客が集まる。電車は「さよならナントカ号」の花輪をつけて、全国からやってきた鉄道ファンに見送られて走り、新聞やテレビに報道されるが、そのあとは、ひたすら朽ちていく。

鉄道は、焼いて、墓場に埋めるわけにはいかない。ホームも線路も標識も踏切も、風雪にさらされる。

ホームのコンクリートはひび割れ、駅のベンチには蔦がからまり、雑草が繁り、レールは錆びていく。壁板がはがれ、駅舎の屋根が崩れ、雨樋が折れ、プラットホーム一面に枯れすすき。

木造電柱からつながる蜘蛛《くも》の巣をぼーっと見て、時間をすごす。

風と雑草が駅舎を食い荒らし、「雨月物語」に出てくる化物屋敷みたい。こういった廃駅はいずれ壊されてサラ地になってしまうんだろうが、朽ちていくいま、を見定める。いまのうちに見ておかなきゃもったいない、と「小説宝石」のイソ坊とダンゴローと一緒に、廃線紀行をはじめた。

風化する時間の実物を体感するのは、西行、芭蕉よりつづく日本人の伝統である。盛り場には興味がない。すたれゆくすたれ場にこの世の風雅がある。

ガキのころは線路の上を歩いた。しゃがみこんでレールに耳をあて、遠くからやってくる列車の音を聴いた。耳たぶに、かすかに車輪の響きを感じ、顔半分が震えた。キーンとした車輛の音がはぜ、鉄の匂いを嗅いだ。レールの上を歩くことは禁じられていたが、だからこそスリルがあった。

廃線のレールは錆びて、耳をあてる気はしない。レールに昼顔のつるがからみついている。

廃線を歩くとムカシの匂いがよみがえる。

青白く光っているレールには生き物の霊があるのに、廃線のレールには光がない。あるのは錆びた匂いである。

廃線のレールと、点在する無用の駅は、和歌でいう歌枕である。どこかの廃駅を借用して、蚊取り線香とカヤを持ちこんで書斎とすればいい生活ができる。全国の俳句結社主宰が廃駅を棲み家とし、それぞれの掘ったて小屋を立てるのはいかがであろうか。

廃駅という廃駅に脱社会浪人が住み、新ヒッピー族となれ。レールの上で月見の宴を開き、ゴーコンをやり、すたれていく自分を検証せよ。

廃線を歩くと、足裏がゴツゴツとマッサージされて心地いいが、砂利が靴裏にあたって痛くなる。それぞれの廃駅にひとりの仙人オヤジがいて、線路跡を行き来して、シイタケや大根などを届けつつ、近況を報告しあう、なんてのがいい。

これぞ、廃線文化のはじまりである。という構想を抱いて各地の廃線をめぐっているうち、廃線の熟成度がわかってきた。

①見ごろは廃線になって三年後である。
②無残なる廃駅の面影は五年後ぐらい。
③コテコテの無常は七年め。
これを廃線度七五三現象という。いまサンプル収集中である。

昔から廃墟願望があった。

無人となった西洋館豪邸跡、なんてのがゾクゾクする。倒産した温泉ホテルの廃墟も捨てがたい。団体客で賑わっていた温泉ホテルの窓ガラスが割れ、すすきが生えている、のがいい。

廃業した工場、閉鎖された木造小学校、朝顔が咲く川沿いの番小屋、住人がいない市営住宅。ここにも廃墟度七五三現象があり、熟成度に味わいがある。

かつて人間の営みがあった地が、すたれて、荒れていくのがいいんですね。

老ヒッピーが自転車に乗って全国を廻り、廃墟で旅寝するのがいいんじゃなかろうか。

おみくじ凶のご利益

晩年の永井荷風は、浅草観音様のおみくじを肌身はなさず持っていた。真新しい大吉のおみくじを四つに折って服のポケットにしまっていた。

浅草寺のおみくじは、なかなか大吉が出ないから大吉が出るまで何度もひいた。かたくなな執念はいかにも荷風らしく、運やつきを強引にひきよせた。浅草好きで、ストリップ小屋の踊り子たちと親しくしたのも観音（女体）信仰のつながりであったろう。

旅さきの神社でおみくじをひくが、いずれも大切に持ち帰る。せんだって仙台の神社でひいたときは凶だった。運勢の項に「悩みごとあり思うにまかせません。すべて控え目にしてときの来るのを待つことです」とあった。「まったく、その通りだ」と思ってポケットに入れた。

おみくじの運勢は十二項目あって①願事《ねがいごと》、②待人《まちびと》、③失物《うせもの》、④旅行、⑤商売、⑥学問、⑦方向、⑧争事《あらそいごと》、⑨転居、⑩お産、⑪病気、⑫縁談、である。神社によっては

⑬求人《きゆうじん》が入る。託宣の種類は、おおよそ大吉、中吉、小吉、吉、末吉、凶、小凶、大凶の八種ある。吉より中吉、小吉のほうが上位になるらしい。
ひと昔前は番号のついた串をひく「振《ふり》くじ」が多かったが、いまは箱から直接みくじをひく「つかみ出し」や自動販売機が多くなった。神社の木の枝にしばりつけたりせずに、持ち帰って、じっくりと読みましょう。

京都の北野天満宮でひいたら半凶というのが出た。気になったので、荷風先生にならってもう一度ひくと大吉だった。半凶のみくじには「氷った池にすむ魚の如し。今は活動の時期にあらず」とあり、「天運未だ盛んならず。にわかに進むべからず。神に頼りて、万事慎《つつし》みて務《つと》め行かば、追々《おいおい》氷解《と》けて後《のち》には吉となる。急がば成就せず。学業は今一息《いまひといき》奮闘すべし。病はあしし」。

大吉のみくじには「願望《がんもう》遂《と》げ事業挙《あが》り学問上達すべし。人より親しみ敬《うやま》われ、尊情《そんじよう》より恵《めぐみ》を受くべし。されど人の嫉《ねた》み妨《さまた》げを受くる傾《かたむ》きあり。油断すべからず。用心すべし。売買進みてよろし。病はあしし、大事にすべし。勝負事利あり」。

両方ともいいことを書いているが、吟味熟読すると半凶のほうがいい。

こうなるといろいろためしたくなり京都の神社、福岡の神宮、東京の明神様、八幡宮へ参拝してひきまわった。六回ひいて、大吉一回、中吉一回、小吉二回、末吉一回、凶一回であった。で各項目の託宣をくらべてみた。

①願事。大吉＝願事叶《かな》う。中吉＝目上に相談すべし。小吉＝他人の助けありて早く叶う。末吉＝願望は努力なしには得ざるなり。凶＝しばし待て。時がくれば道はひらける。

②待人。大吉＝待人来る。中吉＝少し邪魔が入ってもいずれやって来ます。小吉＝そのうち来ます。末吉＝来るとも遅し。あせるな。凶＝しばし来ず。

③失物《うせもの》。大吉＝失物は出る。中吉＝女が失物の場所を知っていることあり。小吉＝あわてずに探せ。末吉＝どこかにある。凶＝失物出ず。さらにまた失うことあり、注意すべし。

④旅行。大吉＝大いによし。中吉＝いずれに行くも吉。小吉＝注意して立つべし。末吉＝一人旅をつつしむべし。凶＝行くさきで風雨におそわれる兆《きざし》あり、盗難に注意せよ。

⑤商売。大吉＝商売大いに利あり。中吉＝他人の世話あって利益がある。小吉＝相応の利あり。末吉＝損して得せよ。凶＝売買《うりかい》に波あり。初め利を得て、のち大損する。

⑥学問。大吉＝上達する。中吉＝後になるほど成果あがるべし。小吉＝気長になせば成就。末吉＝次第に向上のきざし。凶＝困難です。一心に勉強しなさい。

⑦方向。（各種あり）

⑧争事《あらそいごと》。大吉＝勝つ。中吉＝よい助け人あり。小吉＝有力なる新材料により、訴訟は有利に転ず。末吉＝初めは危くあとよし。凶＝ねばり強く交渉せよ。

⑨転居。大吉＝いずこに転居しても吉。中吉＝動かぬがよし。小吉＝急ぐな。末吉＝とり急ぐこと悪し。凶＝そのままいるのがよい。

⑩お産。大吉＝安し。中吉＝安産なり。小吉＝安心して産むがよし。末吉＝そのままでいけ。凶＝母体を大切にすべし。

⑪病気。大吉＝疾病全快。中吉＝落ちついて保養せよ。小吉＝意外に早くなおる。末吉＝一時あぶなくなるようですが全快します。凶＝疾病はこころよからず。次第に快方へ向かう。

⑫縁談。大吉＝大いによし。中吉＝男が多くて困ることあり。小吉＝遠方より新しき縁談あり。末吉＝思ったほど早くまとまらない。待ったほうがよい。凶＝嫁とり婿とりいずれも大いに悪し。慎重を期せ。

神社のおみくじは、和歌が書かれ、その歌の解釈によって吉凶を占うものが多い。凶であっても、

人目《ひとめ》には見えねとひとり慎《つつし》めよ、かくれに神の在《いま》すると思ひて

とあり、「だれも見ていないと思っても、神様が見ていらっしゃる。そのことを頭に入れておけ」と戒めている。出産に関しては、おみくじは慎重で、吉も凶も「安産」との託宣だ。病気にも慎重で、出産とともに、おみくじが立ち入る領域の限度がある。神社の宮司だって医者に診てもらうんだからね。

運勢は、大吉から中吉、小吉、末吉、凶へスライドする判定が微妙に変化して、その温度差が日本語ならではの味わいだろう。おみくじの文案を考える人の苦労が察せられる。

大吉の文案は簡略で、すべてよしなのである。中吉は、大吉ほどではないが、ほどほどによしである。

難しいのは凶である。凶のおみくじをひいた人は心おだやかではない。凶の文面には、配慮が求められる。凶と出た人の揺れる心をおちつかせるには、洞察力のある文面が必要だ。

つまり、凶のおみくじが名文なのであった。大凶は大吉に通じる。凶をひきあてた人は、じつは運がいいのです。

凶のおみくじをひいて、「これは天の声だ」と気づき、家に持ち帰って机の前に貼りました。

七十一歳「大ちゃん」は負けない

学生のころ、愚連隊が凄みをきかす渋谷の安酒場で飲んでいると、「大ちゃん」の愛称で知られる流しのギター弾きがいた。渋谷のネオン街を、ギターひとつで流していた「大ちゃん」（大野穣《みのる》）は、のちの北島三郎である。

歌の渋さが評判になり日本コロムビアにスカウトされ、船村徹を紹介されてその弟子となり、厳しい歌のレッスンを受けた。

昭和三十七年に「ブンガチャ節」を歌ってデビューしたものの、この曲は放送禁止の不運に見舞われた。つづいて出した「なみだ船」がヒットした。日本レコード大賞新人賞を受賞して一躍人気歌手となり、昭和三十九年は「やん衆《しゅう》かもめ」、昭和四十年は「兄弟仁義」「帰ろかな」「函館の女《ひと》」と、ヒットがつづいた。

そのころの私は、サブちゃんの「兄弟仁義」のレコードをきいて、そうだ、これでいくしかねえな、と心にきめた。

三日間で終わった義兄弟もいたが、四十年間つづく義兄弟もおり、ようするにこの世は義兄弟で作られていることがわかった。才能や金がなくても、義兄弟に頼っていけば、どうにか食っていける。バカに頼られた義兄弟は、さぞかし迷惑だろうが、運が悪かったとあきらめて貰う。

就職してからは、飲み歩くさきは、渋谷から新宿ゴールデン街に変わった。新宿区役所通りと花園神社にはさまれた元青線街に小さな店が軒を連ねていた。演劇、映画屋、作家、画家、編集者がうろつく闇の小路では、そこかしこでケンカの乱闘があったが、馴れてしまうと気にならない。

飲んでいると、流しのギター弾きが「一曲いかが」と店をのぞく。店の主人は「いやけっこう」と断るが、私は「お願いしますよ」と注文した。そのころは三曲五百円が相場だった。どんな流しだろうが、いろんな人に歌って貰った。

そのうちの一人、マレンコフというギター弾きが、帰りぎわ、私の耳もとで、小さく「あんた出世するよ」といってくれた。そのひとことが、しみじみと嬉しかった。三十八歳で会社を退職してしまったから、流しの兄さんの予言ははずれてしまったけれど。

北島三郎の歌が聴く人の胸をうつのは、流しのころの底辺の人情を忘れないからである。流行を追うのではなく、流行のもっと下を流れる心を歌う。

風呂場で「兄弟仁義」を口ずさんでいると、朝日新聞から電話があって、「新宿コマ劇場の北島三郎公演を見に行かないか」とのお誘いだった。二つ返事で「はい行きます。アシタ行きます」と引きうけた。翌日の仕事をキャンセルして出かけた。

新宿コマ劇場は五十二年の歴史にピリオドをうつ。最後の座長公演が北島三郎である。昭和のランドマークがなくなるたびに、お座敷がかかる。「昔の新宿を語るなら嵐山」ということらしく、古参のジジイのお出ましだ。

昼の部は十二時からで、三十分前に駆けつけると、群馬県や静岡県からきたバスが五台止まっていた。劇場前はオバサマとオヤジ連でワンワンと混んでおり、押すな押すなの大盛況だ。

入口で「座長公演39回！　不朽の金字塔は感謝の証‼」と印刷された「サブちゃんペンライト」を渡された。

ホールにはサブちゃんの等身大黄金銅像がデーンと置かれて、ワクワクしますね。第一部は時代劇「国定忠治」で、サブちゃんの三女、水町レイコさんが共演する。忠治（サブちゃん）の娘お千代がレイコさんの役である。

芝居が終わった休み時間に同行した藤谷記者に講釈した。

コマ劇場ができたころの新宿はコントンの町であった。わかりますね、混沌。ゴッタ煮の町。サラリーマンと学生とヤクザと伊勢丹バーゲン・セールにきたオバサマが入りまじった町。でもって、コマ劇場はその新宿のジバ。ババじゃなくて磁場。劇場という磁場が人々を吸いよせたんですな。

初台にできた東京オペラシティの新国立劇場じゃだめなんですよ。磁場にならない。昭和三十一年に、小林一三がプロデュースした新宿コマ劇場は、周囲に盛り場を生んだ。新宿コマ劇場ができてから歌舞伎町が栄えたのです。コマ劇場がなくなると、新宿はスタレバになるでしょう。

てなことを申し述べたところで第二部の歌謡ショーがはじまった。「兄弟仁義」「函館の女《ひと》」「帰ろかな」といったなつかしい歌が、メドレーで、これでもか、と出てくる。

火の玉となって全力投球で歌いあげる。出しおしみをしない。手を抜かない。持っている力をすべて出しきる北島三郎は七十一歳で、エライ！

歌唱力もさることながらラスベガスのショーにも劣らない大仕掛けの装置に仰天した。せり出すコマ型の舞台を使ってのスペクタクルだ。「北の漁場」では、荒波の海から船が客席へむかって迫ってくる。波しぶきが二千余の客席へふりかかろうという勢い。

ラストは、青森のねぶたが登場し、巨大なねぶた人形の腕に乗ったサブちゃんが「まつり」を熱唱した。和太鼓が響き、紙吹雪が乱れ飛び、百名余の出演者が踊りまくる。満員の客席からは「サブちゃ〜ん」の声援が飛び、ペンライトが振られて熱狂は極に達した。NHK紅白歌合戦でしか北島三郎を知らない人は、生のステージへ行ってごらんなさい。

昼の部が終わってから劇場を出ると、夜の部の客が劇場前にあふれていた。コマ劇場から靖国通りに出るセントラルロードにはオヤジとオバサマであふれて、風俗店の客引きが出るすきもない。ホストクラブの金髪のアンちゃんたちもオバサマの波に押しのけられて、すみをコソコソ歩いていく。なるほど、北島三郎効果によって、歌舞伎町のいかがわしい風俗店が浄化されるのであった。

サザエさんの性生活

おすすめの「旅の本」十冊を選んで書け、と依頼されて、引き受けたものの、文庫本という注文がついていた。

書棚に「旅の本」はいくつかあるが文庫本がない。

漱石『草枕』、牧水『みなかみ紀行』、和辻哲郎『古寺巡礼』は岩波文庫。太宰治『津軽』、山口瞳『温泉へ行こう』は新潮文庫。武田泰淳『目まいのする散歩』は中公文庫、澁澤龍彥『旅のモザイク』は河出文庫、司馬遼太郎『街道をゆく』は朝日文庫、を見つけたが、九冊めがない。

単行本はあるのだが、その本が文庫になっているかどうか。ちくま文庫に武田百合子『遊覧日記』があったはずだが書棚の奥に入って見つからない。そうこうするうち、寺山修司『家出のすすめ』(角川文庫)が出てきた。

家出ははたして旅といえるだろうか、と考えつつ奥付を見ると平成十年刊で五十三刷になっている。寺山氏が二十七歳(昭和三十八年)のときに書いた本だった。

「わたしは少年時代から家出にあこがれていました。そして、いまでも空にひぐらしの声が啼《な》きかわすのを聞くたびに、『遠きみやこ』をあこがれて血を湧かしていた『自分の時代』に帰ってゆくおもいがします」

と家出主義が語られたあと、「サザエさんの性生活」という考察になる。サザエさんはパジャマを着て寝る。夫のマスオは、その生計の何割かをサザエさんの両親に依存している遠慮から、進んでサザエさんの体を求めることができない。マスオが、サザエさんと結婚しながら、その性生活を十年ものあいだ暗示だにしないところは、この漫画の呪術的おそろしさがある、と寺山氏は指摘している。「愛すべき庶民」というレトリックに疑問をなげかけた。

「家庭の幸福は諸悪の本《もと》」といったのは太宰治だが、それをサザエさん一家に応用する力わざにおそれいって、さらに読みすすんだ。

サザエさんは月にほんの一、二回、正常位で性行為をいとなんでタラちゃんを生み、その後は聖書でいましめるように、「出産を目的としないようなセックスの快楽」からきっぱり足を洗い、もっぱら食欲の方に生き甲斐を向けている。

つまり、マスオの性的不満がただちに離婚問題へと展開してゆかぬところに、この家の権威主義がひそんでいるのだ、と。

なるほど、家出すべき場として、サザエさんの家族をとりあげている。寺山修司は青森から家出をしてきた青年であった。サザエさんの漫画全六十七巻を読んでの考察だから、寺山氏が熱烈なサザエさんファンであったことがわかる。

東京に出てきた青年が漠然と思いうかべる理想の家は、サザエさんの「磯野家」であった。明るく、愉快で、仲のいい家族は、そのじつ年季が入った権威主義で、地方から出てきた青年が一代で築けるものではない。庶民という形のモデルハウスが、幸福の幻想を与えてきた。

さらに寺山氏は、サザエさんが、イプセン『人形の家』のノラのように家出するシーンを幻視する。ノラの夫ヘルマーが、

「妻として、母親としての義務をふり切って、夫と子どもを捨ててゆくのか！」

というのに対して、ノラは、

「まず一人の人間として生きたいの！」

と宣言して、スーツケースをさげて出ていく。この家出劇は日本でも上演されて、婦人解放運動家は拍手かっさいした。

サザエさんがノラになるために、寺山氏が考え出した状況は極めてエロティックである。

「たとえば、しのびこんだ痴漢によって強姦されて、性の快感に目ざめたサザエさんが、しだいに磯野家の構造に不満を持ちはじめ、留守番と家事と買物だけだった人生に、充足した他の何かを求めて家出する。そして、次々と男を変えてゆくうちに、真の女の自由というのが何であるかを体得する」

サザエさんは性的快楽を追求しないし、マスオとの愛も求めない。サザエさんは不感症である。

寺山氏の論に刺激されてサザエさんの不倫に思いをめぐらせた。サザエさんが痴漢に強姦されて性愛にめざめることはあり得ない。さしあたってバカボンのパパとは仲よくなる可能性はあるが、性愛関係には至らないだろう。

はたして人妻サザエさんをモノにできる男とはだれか。こう考えはじめると思いはチヂに乱れ、知りあいのプレイボーイの顔を何人か思いうかべた。

一見したところ愉快なおばさんであるサザエさんは夫に秘密で『マル秘・人妻ヌード集』のモデルをしているのではあるまいか。エロい姿態で、男を挑発するフェロモンを出しているのではないか。新宿の風俗店の女ボスで、若い男を囲っているかもしれない。と、寺山修司はサザエさんに欲情していた。となると、寺山修司こそがサザエさんの不倫相手にふさわしい。

イプセンのノラは、家出してからが描かれていない。ノラにあこがれた杉田久女《ひさじょ》という俳人は、篤実な教師の夫と不和になり、

足袋つぐやノラともならず教師妻

という句で一躍名をなしたが、師、虚子のストーカーとなり、「ホトトギス」同人を除名されて、精神がおかされて狂死した。

はたして、イプセンのノラはどうなったか。魯迅《ろじん》は「売春婦になっただろう」と断じている。寺山修司は、ノラが町角で、陽気な売春婦になった姿を思いうかべ、「何しろ彼女は美人です。町ゆく男は放っておかないでしょう」と予測している。家出のはてが売春婦という設定は、お話としては面白いが、いまの人妻は家を出るときに、ノラのように無欲ではない。

財産分与と慰謝料を請求するし、経済的に自立している。子どもを自分で引きとるし、むしろ夫にむかって「家を出ていけ」というだろう。サザエさんだって、マスオを追い出すことはあっても、自分からは出ていかない。

という次第で、『家出のすすめ』は名著ではあるが「旅の本」ではないことがわかったので、十選には入れなかった。

英日親善向島句会

向島百花園にタイモン・スクリーチ氏（ロンドン大学教授）とエイドリアン・J・ピニングトン氏（早稲田大学教授）をお迎えして、英日親善句会を行った。おふたりとも日本語ペラペラの文人である。

対する日本の文人系は、南伸坊、長宗我部《ちょうそかべ》友親《ともちか》（トノ）、テレコムスタッフ岡部憲治（車窓）、同ディレクター氏家《うじいえ》力（日借）、K談社より四名の編集者（曲亭・朱蘭《しゅらん》・一本・玲留《レイル》）、S英社編集長（カジャン・遅れて参加）、浅生ハルミン（春眠）、石田千（金町）、嵐山オフィスのミチ子姐さん（トンボ）、嵐山（世話人）、坂崎重盛（露骨《ろこつ》＝宗匠）である。

兼題は月、唐辛子。あとは当日の投句で、夕暮れの百花園を歩いての吟行となる。百花園は久保田万太郎はじめ、多くの俳人が句会興行した名庭だが、十一月の末だから、ほとんどの花は枯れ、枯れ葉がハラハラと散っていた。たちまち、「シャンソンを歌って落ちる枯葉かな」の句を得て、ミチ子姐さんに「一句五百円で売るよ」とい

うと「いりません」と断られた。ミチ子姐さんの句は、

名月や峠のわが家囲炉裏酒《いろりざけ》（トンボ）

で一票入った。月見をしながら峠の家で燗酒を飲むシーンが浮かんでくる。

残菊の花粉で一度くしゃみする（一本）

藤田一本は、剣道の達人だからイッポンの号があるが、はたしてこれが俳句といえるかどうか。ただし剣術遣いがハックションとくしゃみをして一票はめでたい。

二票句は、

猫を追う母子を見ている老石榴《ろうざくろ》（トノ）

トノは慈悲ぶかい目で百花園の野良猫を見ておられたのだ。とすると、老石榴は長宗我部家十七代当主である自分のことらしい。

枯枝に頬《ほほ》つつかれて萩の道（露骨）

百花園は萩のトンネルが名物で、その萩が枯れて頬をつつく。露骨は二票が不満で「宗匠に一点もなき句会かな」だな、と文句をいう。「頬つつかれて」がなかなかの手並だが、やっぱり、つつかれると痛いから点が入らない。三票の問題作はタイモン教授で、

旅立ちのわが足かたし唐辛子

歩いて旅をすると、自分の足が唐辛子のように赤くなる、という詠嘆である。「わが足は唐辛子なり旅へ立つ」と添削しようとしたが、ロンドン大学教授だからね、遠慮した。タイモン教授は翌日日光まで徒歩で旅するのだという。健脚の一句。

大学の授業で遅れてきたエイドリアン教授は、選句にまにあわなかったが、

秋の日の暑さ集めて唐辛子

と自句を披露した。「暑さ集めて」に観察力がある。校了のため同じく遅れてきたS英社のカジヤンは、

唐辛子蹴ちらして行く通学路

乱暴ですなあ。長身白髪の親分さんは武闘派で銀座のママさんに圧倒的人気がある。両氏とも投句時間にまにあえば高得点であったかもしれない。

美事《みごと》なり赤と緑の唐辛子（伸坊）

あのね、伸坊。どのように美事なのかを詠むのが俳句なんですよ。と注意すると「だって美事なんだからしょうがないだろ」と口をとがらせた。こういう句に三票も入ることが、句会のレベルの低さを示している。

甘酒や茶碗ひとつの老夫婦（曲亭）

百花園の茶店で、一杯の甘酒を分けあっている老夫婦がいた。曲亭翁はそのシーン

をつかまえた。だけど、甘酒ぐらい一人一杯飲みゃいいじゃないのと激論になり、伸坊が「ママア」と仲裁した。

隅田川遠くに聞こゆ小春かな（車窓）

車窓は長寿番組「世界の車窓から」のプロデューサー。近くに隅田川が流れていて、この地は荷風『濹東綺譚』の背景になった。隅田川沿いのマンションを隠れ家としている車窓ならではの吟。

源氏より千年照らす今日の月（車窓）

も三票で、車窓はこの日は好調である。

さて四票句。

犯人はいずこホームズ月を見る（嵐山）

シャーロック・ホームズを出したから、タイモン教授の句と思って票を入れた人がいる。タイモン教授は「月並な句だ」とブツブツいっている。

寒々《さむざむ》と天を切り割《さ》き月に雁《かり》（朱蘭）

朱蘭は「酒乱の編集長」としておそれられたことからこの号がある。「月に雁」という細長い記念切手があり、切手少年の思い出。

唐辛子阿修羅《あしゅら》の指に染りおり（日借）

日借はテレビディレクターで、先日、奈良の古寺で阿修羅像の撮影をしたときの印象。阿修羅の指が唐辛子みたいに赤くなっていたんだって。

　癇癪《かんしゃく》をおこしてちぎる唐辛子（春眠）

ハルミンさんは美貌のイラストレーター兼エッセイストで、猫と一緒に暮らしている。新刊の著書『私は猫ストーカー』が映画化された。天才脳科学者を陰で操る魔法猫の正体を追うお話らしい。

五票句もハルミンさん。

　ふたりいて歩きたりない月夜かな（春眠）

月夜に恋人と歩きまわるところに、猫の習性がのりうつっている。

六票句は、

　亡きひとの湯呑茶碗の小菊かな（金町）

亡き人とは、没したおばあちゃんのことだろうか。この日の茶店で甘酒を飲んだときに、金町嬢はおばあちゃんを思い出した。

　満月や夜空に穴のあいたよう（露骨）

満月を夜空の穴と見たてての着想で、てっきり女性の句だと考えて、私は一票を入れてしまった。露骨の句と知っていればやめといたのに、と悔やんだがあとのまつり。

キッチンの一隅灯《ひとすみとも》す唐辛子（露骨）

キッチンの上にぶらさがっている唐辛子が、そこだけ赤く照らしている、という絵画的な句。「キッチン」とあるからタイモン教授の句と思ってこれにも一票入れてしまった。露骨は二句に六票が入った。

最高点（天）の七票句は、

走る月臥《ふ》して眺むる夜の汽車（玲留）

玲留ことK談社の京子さんは鉄道大好き麗人だからレールの号。五泊六日でイタリアの夜行列車に乗りにいってきた。寝台車に寝ころがって、空に走る月を見る、という情景。

天はもう一句、

池底の冬見とどける芒《すすき》かな（嵐山）

百花園に古池があって、水辺に枯れ芒があった。もうすぐ冬がやってくるのだなあ、と芒が池の底をのぞきこんでいる。この句に七票入るとは句会のレベルは高いな。フフフと含み笑いをすると、宗匠の露骨が「天の句に名句のあったためしなし」と、ブツクサいっているのでした。

関口芭蕉庵句会

椿山荘の下にある関口芭蕉庵で新緑句会を催した。

庵は神田川沿いにあって水道工事に携わった芭蕉が住んでいたと伝えられる。

まずは庵の上にある芭蕉堂へ行って拝観。芭蕉像を中心に、其角、嵐雪、丈草、去来の木像が安置されている。

午前十一時に集合したのだが、しばらくたつと春雷が轟き、雨が降ってきた。

句会は庵の奥座敷で行われる。出席者は十三名で、K談社の曲亭（局長）、朱蘭（酒乱系）、一本（剣術達人）、玲留（鉄ちゃん娘）、S英社のカジヤン（新書編集長）、H凡社の美都（局長）、車窓（TVプロデューサー）、とんぼ（ミチ子姐さん）、ハルミン（イラストレーター）、仲坊（南画伯）、トノ（殿様）、露骨（坂崎重盛）と嵐山。あと、金町（石田千）が旅さきから投句してきた。

兼題は、

①遠足

②浅蜊

である。

露骨が、コホンと咳をして、「雨やんで花の句会となりました」と挨拶したが、これが句になっているところが宗匠たるところで、つづいて嵐山が、

庵に入れば芭蕉に雨の匂ひかな

と、やわらかく詠んだ。雨に濡れた芭蕉の緑が鮮やかだ。S英社のカジヤンは入稿で徹夜したまま目を赤くしてやってきて、

遠足へ行く子らの上卵雲

と難解句。

卵雲なんてのがあるのかねと激論になり、「遠足の弁当のおかずに卵焼きがあるからこれでいいのだ」とカジヤンが凄んで、風雲急を告げる。

画家対決は、

遠足や先生のシャツ新しい　（ハルミン）三票。

遠足の水筒の磁針《はり》フルフルル　（伸坊）四票。

若いハルミンさんは水筒のフタに磁場の方向を測る小型の磁針がついていたことを知らないので、またひと悶着。んーなこと知らねえのかよ。ついせんだってまでは水

筒のフタに丸い磁石がついていたんですよ。ねえ、カジヤン。森に迷いこんだときはフルフルと震える磁針で方向を調べて脱出したんだから。このフルフルには「古池や」のフルがかけてあるのだと、伸坊は力説した。

遠足のおやつ自慢や二百円（美都）二票。

遠足のおやつは三百円以内（金町）二票。

美都と金町の世代の差は百円である。嵐山や露骨の時代のおやつは百円までで、カルミンとサイコロキャラメルと渡辺のジュースの素（粉末）だった。それぞれ二票というところが妥当な線であろう。

ひとり寝に浅蜊ため息砂を吐く（曲亭）二票。

「局長、なんだか夫婦間に問題があるんですか」と藤田一本が心配した。

砂まじり浅蜊のからを海が引く（一本）二票。

一本の句だっていささか生活に問題がありそうだ。

腕のなか秘密守りし浅蜊かな（金町）四票。

もう待てぬ歌う浅蜊ぞ鍋の底（玲留）三票。

金町の浅蜊は黙って語らぬが、玲留の浅蜊は歌っている。浅蜊にもいろいろな事情があるのだ。

箸入れて喰いつかれたり鬼浅蜊（美都）二票。

鬼浅蜊ってのはバカでかい浅蜊で、浜辺で焼いて食う。そんなのに箸をいれちゃあいけませんよ。朱蘭は月刊現代の編集長時代、「ナニナニですか」と疑問形のタイトルをつけるのがうまかった。

浅蜊とり汁にしますか蒸しますか（朱蘭）三票。

一湾の汐吸いつくす浅蜊かな（嵐山）四票。

このように句格が大きい吟は、素人句会では四票しか入らない。けしからんことである。

深川のピザに浅蜊の載りにけり（車窓）三票。

車窓は、隅田川べりのマンションの一室を借りて秘密の砦とし、ほとんど家へ帰らなくなった。深川には浅蜊が載ったピザが名物として売られている。深川めしではなくて深川ピザ。

内側はなめらかな艶《つや》浅蜊かな（とんぼ）四票。

エロい句だな、と朱蘭がからんでいる。ミチ子姐さんは、浅蜊を山ほど買ってきて一晩観察し、浅蜊の味噌汁を作って内側の艶を見つけた。

雨やめば浅蜊潮吹く夜となり（露骨）二票。

「浅蜊潮吹く夜」がしみじみと心にしみる名吟だが、句会では宗匠の句は採られにくい。

いっせいに舌引っこめる浅蜊かな（とんぼ）六票。

塩水に漬けておいた浅蜊がいつのまにか舌を出している。つかもうとするといっせいに舌を引っこめたところを見つめたのが手柄。あれは舌なのかね、と異議も出るが、最高点をとったのでミチ子姐さんは、きゃっと声をあげた。

遠足で書いた黒松はまだ在る（露骨）二票。

露骨は小学生のとき、小岩・善養寺の黒松を写生した。先日、六十年ぶりに行って、その松を眺めたんですよ、でナンタラカンタラと説明するがだれも聞いていない。ようするにその松が「まだ在る」ことを言いたいらしい。

ここで昼食となり、缶ビール飲みつつ弁当を食べた。徹夜したカジヤンが、句会はもっと遅い時間から始めるべきだ、と持論を述べ、曲亭のケータイ電話が鳴った。曲亭は緊急事件により呼び出されて、ここにて退席する。

このあとは自由句で、

春雷やつかの間妻の小言やむ（曲亭）三票。

その気持ちわかるなあ。嵐山は同情してこの句に一票を入れた。が、当人はそこにいない。

弁当を食べてから、トノは傘をさして庭園を歩きはじめ、庵のひょうたん池をじっと見入っている。本日、トノは不調で機嫌が悪い。

　蝶飛ぶや庵は本日休館日（嵐山）二票。

　花びらの十四、五片や樋《とい》のさき（仲坊）二票。

　さようなら向い合わせに桃の花（車窓）二票。

車窓の句はイリュージョン系で難解である。女と別れ話をしているテーブルに桃の花が活けてあるのか。あるいは桃の花が、春に「さよなら」と告げているのか、そのへんがわかりにくい。

　鯉走る池に映りし草若し（トノ）二票。

ようやくトノの句に点が入り、トノはお喜びの様子だ。おめでとうございます。

　新緑や頬くすぐられ汽車はゆく（玲留）一票。

玲留嬢は、月刊誌編集のころは、男女性愛関係の記事を得意としていたが、今年七月より企業留学でロンドン大学へ行くんだって。

　柏餅レジに並びし男ある（カジヤン）一票。

徹夜のカジヤンは、会場へ来るときに、土産に柏餅を買ってきた。柏餅の句の一票は玲留が採り、汽車の句はカジヤンが採った。社は違うが、カジヤンと玲留は愛しあっているのではないか、と詰問し、「違います。偶然ですわ」と玲留にたしなめられた。ビールを飲むと、いろいろ勘ぐりたくなる。

木の芽伸びざわめく庭に鳥立ちぬ（トノ）二票。

トノは二句めが選ばれてようやく笑顔が出た。

春愁や閉じたるままの倉の窓（露骨）三票。

芭蕉庵の蔵が閉じたままになっているシーンをとらえたものの「春愁や」が月並である。

いくたびも句会の日どり尋ねけり（作者不明）〇票。

ビールを飲むといささかだれてくるな。と、ここで六票句が出た。

雨《あま》もよい桜蕊《さくらしべ》降る音聴けり（美都）

雨もよいは「雨催い」で玲留が「雨も良い」と読みあげて、書記役の一本より、読み方が違う、と叱られた。

桜でなくて、花が散ったあとの桜蕊に目をつけたところが手柄である。

ということで、天はとんぼと美都の女性ふたり。女性優勢のうちに句会は終わったのでした。

高速道路より自転車道路

「奥の細道」全行程を自転車で走破したのは十年前のことだった。自転車で旅をすると、風景のなかに自分が溶けていく。

道沿いに咲いている花、小川で遊ぶ雨蛙、その横を飛ぶ蝶、流れる雲が目に入る。

ひばりが鳴く。

山の学校で子らが遊ぶ声を聴く。

風の匂いを嗅ぐ。

人が住んでいない化物屋敷をのぞいてみる。

新緑の森のなかを走る。

タンボのなかに白鷺が止まっている。

「奥の細道」で芭蕉が書いている北上川の「心細き長沼」とはどこか、と北上川沿いを走って捜した。「奥の細道」の句に関しては多くの注釈書があるが、地の文で名所でないところは自分で調べないとわからない。北上川の堰の下は白波がたち、激流になっている。北上川の土手沿いを走り、ようやく「心細き長沼」を見つけたころには日が暮れて、遠くの鉄橋が黒影になった。

自転車で旅をすると、日本のほとんどの地は緩やかな時間のなかに漂っていることがわかる。都市の喧噪のなかにいると、それに気がつかない。

急ぐ旅ではないから、ゆっくりと走った。それでも足の筋肉がはって、尻が赤く腫《は》れた。山の湯につかって、筋肉をほぐした。

自転車で旅したおかげで芭蕉の目線が見えてきた。バスや自動車で廻っていたときに気づかなかったものが見える。頭で考えてもわからぬことが、軀を使って旅をすることで体感できるのであった。

自転車で旅をすると、上り坂がつらかった。若いころなら登ることができた坂道なのに、途中でへばって自転車から降りて、押しながら登った。

そのかわり、下り坂は気持ちがよかった。ペダルを漕がなくてもスイスイと進む。なだらかな山道を、口笛を吹きながら下って、「人生も下り坂がいい」と気がついた。そうとわかると、還暦後のコツはこれでいこうと決めて、下り坂を楽しんだ。下り坂ほど気分のいいものはない。下り坂の極意を感得すると繁盛した。

そのあとは廃線めぐりをしている。昔からローカル線マニアであって、何冊かの本を書いてきたが、そのローカル線がつぎづぎと廃線になっていく。鉄道廃線の供養をおもいたち、全国の廃線跡を廻っている。

廃線跡を歩くとムカシの匂いがよみがえる。廃線に点在する無用の駅はコンクリートの歌枕である。廃線の旅もまた自転車を使う。

こちらは折り畳みの小型自転車になる。行くさきの近くにある宅配便営業センターへ自転車を送っておき、帰りもまた宅配便で自宅へ送り返す。

廃線沿いの道を自転車で走って、緩やかな時間のなかにもぐりこむ。これをはじめるとやみつきになって、どこへ行っても自転車に乗りたくなる。

貸自転車がある駅が多くなったから、電車で行くときはこれを利用する。表通りではなく、裏通りに町の真相があり、それを見届けるには自転車に限るのだ。見知らぬ料理店の前に自転車を止めて、トマトライス定食なんてのを食べる。

ただし、危険なのは県道や国道といった広い街道である。トラックや大型バスがブンブン飛ばして走るため、風圧にぶっとばされてしまう。

で、裏道へ入ると、こちらは抜け道らしく、地元の乗用車が走りぬける。

草花が咲くのどかな道ばかりとは限らない。裏道は歩道が整備されていないので、かえって危ない。自転車旅はイノチガケでもあるのだ。

廃線跡を自転車道路にしているルートがある。一九八七年に廃線になった筑波鉄道（水戸線岩瀬駅―常磐線土浦駅間四〇・一キロ）は「つくばりんりんロード」となった。旧駅のホームは休憩所になっている。

佐賀線（一九八九年に廃線）は「徐福サイクルロード」となった。水郷地帯を走るのどかな道である。

信越本線は一九九七年に長野新幹線が出来たため、横川駅止まりとなった。碓氷峠の第三橋梁（通称めがね橋・重文）から横川までは「アプトの道遊歩道」である。日本海沿いの廃線ロードは富山地方鉄道射《い》水《みず》線の四《よ》方《かた》―堀岡間が自転車道路で「奥の細道」ルートである。芭蕉が土地の人に道を尋ねると、「これより五里磯伝いで歩けば山陰に入るが、一夜の宿を貸すものはあるまい」といわれて、

わせの香《か》や分入《わけいる》右は有磯《ありそ》海《うみ》

と詠んだ地である。有磯海は氷見に向かう富山湾一帯である。芭蕉が歩いた古道は、鉄道が敷かれ、廃線になると自転車道路となった。

東京では通称ジャリ鉄と呼ばれた下河原線の一部が下河原緑道となった。これらの道は、すべて実地走行した。いずれも歩行者と自転車専用の道で、自動車は入れない。廃線跡を舗装して専用道路とした。こういった自転車・歩行者道路はごく一部で、ほ

とんどの廃線跡は、野ざらしのままである。

廃線になったローカル線沿いには広い道路があり、自動車が走っている。自動車で移動する人がふえたために鉄道が不用になったのだ。したがって廃線跡を一般道路にする需要がなく、再利用されることなく放っておかれる。

じつに、もったいない。日本各地に野ざらしにされた廃線跡を再利用して、自転車専用道路にしたらいかがであろうか。そうすれば、日本古来の由緒ある道を、自転車で旅することができる。エコというならば、高速道路よりも自転車道路である。だれもが、自転車に乗って日本一周旅行できる道を作ってくれ。自転車客むけの値の安い宿泊施設もほしい。パンクを修理し、ブレーキを点検する自転車旅館である。

ママチャリで日本一周、なんてのがいいのである。純ナマの風をあびて、ゆっくり旅をする。

東海道五十三次には、東海道五十三食の食堂を作りましょう。東海道には部分的に遊歩道があるから、国道を走らずに、自転車道をつなげる。広い道より細い道がいいのです。

70峠をめざして

なにかの出版記念パーティーで本多光夫さんに会ったら、「60歳をすぎたら原稿執筆依頼なんて来ねえぞ。覚悟しておきたまえ」といわれた。

本多さんは「週刊女性」の編集にたずさわったり、「家庭画報」を創刊し、プレジデント社社長になったりした出版業界の先輩である。

諸井薫《かおる》のペンネームでエッセイや小説を書き、人気筆者であった。

そんな本多さんから「60歳になったら仕事なんて来ねえんだ」と忠告されて、ズキリときた。本多さんは本音をずばりという人だ。

「俺がそうだったよ。俺だけじゃない。野坂さんだって、仕事が来ねえんだぞ」

と念を押された。

「定年というのは、サラリーマンだけじゃなくて、物書きにもくるんだあ」

そのころには月刊誌5本、週刊誌3本の連載があり、テレビ番組のレギュラーもあって、かなりいそがしかった。本多さんは、そんな様子を見て「このままではつぶされる」と心配して忠告してくれたのだった。

意見してくれる先輩なんていなかったから、心してきいた。本多さんは何人かの人気作家の名をあげて「仕事がこなくなるとパタリと止まる。そりゃ淋しいもんだ」といった。

確信的にそう忠告されたので、用心ぶかく、そーっと60歳をむかえた。気合いをいれて、ひらきなおって書きつづけると、61歳、62歳になっても、さしたる収入減にはならなかった。

変化が出たのは63歳であった。あれれ、本多さんがいう通りだな、と気がついた。かつての人気作家も、つぎつぎと雑誌や新聞で名前を見なくなった。それで、いろんな先輩作家に会うたびに「いくつぐらいからビンボーになりましたか」と訊くと、

「65歳」

という人が多かった。

「65歳になると、原稿を注文されても書く体力がなくなるし、性欲、金欲、表現欲がなえるんだ」

と教えられた。

64歳、65歳と、少しずつ仕事の量が減っていった。65歳のときの収入は、60歳のころの半分になった。けれども、本多さんの忠告が、ワクチンの予防注射みたいにきいていたので、どうということはなかった。

自由業者は、ほとんど年金がないし、自分が生活するぶんはいつまでも働かなければいけない。

NHKラジオ「新・話の泉」の公開放送で山藤章二さんに会ったら、「70歳の坂をこえるのが大変だぞ」と凄まれた。

そうか、70歳の坂か。

山藤さんは70歳をすぎてから、ますます活躍しておられる。山藤さんにそういわれると、目の前に70峠の急坂が見えてきた。当面の課題は70峠をこすことである。

で、後期高齢者のことを考えた。健康保険制度が変わって、75歳以上の後期高齢者の保険料があがり、年金から天引きされる。

老人切り捨てで、老人は早く死ぬように、というシステムだ。そうとわかると意地でも、死にたくない。

「後期高齢者」という区分が、いかにも役所的な発想でシャクにさわるが、「後期高齢者」という事務的かつ残忍な名称を、うまくすりかえたいい方、たとえば「超高齢者」だの、「ひどくお年をめした方」なんてされるのは、もっと腹がたつ。

75歳を過ぎてなお活発な執筆活動をしている人は、いかなる訓練をしているのだろうか。その精神力には頭が下がる。

私は「人生15番勝負」という持論があり（詳しくは『不良定年』、ちくま文庫）、75歳で15番勝負とすると5年間が一勝負となる。

大相撲にたとえれば5年間×15勝負＝75歳である。私は八日目（40歳）の時点で4勝4敗の五分であった。

九日目（41～45歳）はフリーの全盛期で勝ち。

十日目（46～50歳）は吐血入院して負け。

十一日目（51～55歳）も負け。いそがしすぎて自分を見失った。5勝6敗と負けが先行して、ここがふんばりどころであった。

十二日目（56～60歳）は勝ち、著書が売れて、自信をとり戻した。本多さんに忠告されたのがこのころで、60歳のときに6勝6敗。

十三日目（61～65歳）は釣りを覚え、体力復活して勝ち。65歳の時点で7勝6敗と、勝ちが先行した。

あと残るのは十四日目（66～70歳）と十五日目（71～75歳）である。さあ、どうなるか。残りを二連勝すれば9勝6敗で敢闘賞を貰えるかもしれないが、二連敗すれば7勝8敗で負け越しとなる。残り二番勝負を1勝1敗でいけば、8勝7敗の勝ち越しとなる。

5年間を一勝負とするのは、人の運、不運は縄のようによじれ、いいことがひとつあれば、悪いことがひとつおこり、それを5年間で総括するのである。5年間で一度チャラにする。みなさんも御自分の勝敗を計算してみて下さい。

7勝7敗で千秋楽を迎えれば、71〜75歳の勝負が重要な岐路になる。75歳を現役勝負のひとくぎりとする。75歳で千秋楽となり、あとはおまけで生きていく。おまけで、人生最高の仕事をすれば、これはますますめでたい。なかには90歳をすぎても勝負する人がいるが、それは人並みはずれた別格の力である。

では90歳以上の高齢者をどう呼んだらいいのか。

末期高齢者。

さぞかしヒンシュクを買うだろうが、毒があって、これがいい。

65〜74歳は前期高齢者。

75〜89歳は後期高齢者。

90歳以上は末期高齢者。

とすれば、ヨボヨボの高齢者のあいだで、

「あたしゃ、まだゼンキですよ。あんたはコーキですかい」

「いや、もうマッキです」

「あらびっくり。てっきりコーキに見えますよ。お若いですなあ」

「マッキが最高だア」

というような会話がとびかうようになる。マッキまで生きれば、こりゃ儲けもの、
ってことですな。

ついでに、
35〜44歳は前期中年者。

45〜54歳は後期中年者。

55〜64歳は末期中年者。

としちゃったらどうかね。

ブクブク、ニャーゴ

ふとしたはずみで昼から酒を飲み、二軒、三軒と店をはしごして、夕方に四軒めの居酒屋で仕あげたら雨が降ってきた。こうなりゃ五軒めへ行くしかなく、六軒めにバーに寄ってハイボールを飲んで、七軒めでシェリー酒を飲み、タクシーで帰宅した。風呂につかって、アルコール分をとばそうとして脱衣所で服を脱ぎ、いざ浴槽につかろうとすると、湯が入ってない。

シャワーでは気がすまない。湯につかりたい。せっかく服を脱いだんだから、もう一度着るのが面倒だ。

すっぽんぽんで浴槽に座り、湯が出るボタンを押した。ダボダボと横から湯が出てきた。二十分もたてば浴槽に湯がたまるだろう。

わが家の浴槽は東京ガスのナントカ式という大型で、アメリカのホテルの風呂みたいに両足をまっすぐにのばして入ることができる。ところが、これが事件の発端になった。

尻の下に湯がたまり、金玉の下がむずがゆく、なんだか寝小便をしたようで、かったるい。そのまま腕を組んで天井を見あげたが、気分が落ちつかない。ドーッと勢いよく湯が出てこない。はっきりしない湯だな。湯滝となってドーンと湯が出ないのが、いらいらするな、まったく。

そうだ、こういうときはラジオを聴こう。風呂場用のラジオがあったな。三年前に句会の賞品で貰ったラジオだ。そのときの句は、

片すみに猫がかたまる走梅雨《はしりづゆ》

だった。じつにいい句である。二等の賞品で貰った。えーと、どこに置いてあるのかな。シャワーの下か。手をのばしてラジオをつかみ、スイッチを入れると音が出ない。こわれたのか。あっちこっちを叩いても音が出ず、電池がきれているとわかった。

湯はようやく臍《へそ》のあたりまできた。ついでに臍の垢を爪でほじくった。ハックショーン。くしゃみが出た。臍の垢をとると風邪をひくという。困ったもんだね、することがない。

浴槽を出て、脱衣所から歯ブラシをとり出して歯をみがくことにした。ゴシゴシゴシ、ブクブク、プー。すると風呂場の外でニャーンと猫の声がした。先代の野良猫ノラのあとがまにやってきたイスズである。風呂場の窓をあけるとイスズと目があった。

ニャーゴロゴローン。餌をほしがっている。風呂場の横は竹藪で、細いタケノコが窓までのびていた。廂《ひさし》の下は雨があたらず、木箱を置いてイスズの寝床になっている。口をゆすいで、イスズに「あとでやるから」と声をかけた。湯は臍の上十センチまであがってきた。イスズは、おかまいなしに、ニャーンと鳴く。しかたがないな。浴槽から出て下半身にバスタオルをまき、台所から煮干しをとってきた。ついでに冷蔵庫をあけて缶ビールを持ってきた。

窓からイスズに煮干しを投げてやった。

ぼそぼそと雨が降る。

降りそそぐ雨が黒々と庭の梅の幹を濡らしている。五月雨は、空も地もひとつになり、あらゆるものが雨音のなかにある。

蚊が飛んできた。

肌寒いのに、気が早い蚊であるな。ブーン（蚊）、シトシト（雨）、ブクブク（湯）、ニャーンゴロ（猫）と、いろんな音が入りまじる。パチーン、ブシュ、これは缶ビールを開ける音である。どんなに酒を飲んで帰っても、寝る前にはサントリーの缶ビール「ザ・プレミアム・モルツ」を飲むことにしている。

んーめえ。

湯は乳首のところまであがってきた。すると、乳首の横に毛が一本生えているのに気がついた。なんでこんなところに毛が生えるんだあ。えー、おい。どうにかしろ、なにを考えてるんだ、てめえ、と怒っても自分の軀なのだから仕方がない。

女は乳首の横に毛が生えるんだろうか。そんな女がいたらおっかねえな。と、考えつつ、毛をつまんでひっぱった。いててて。痛いじゃないの、なんだってーの。だけど快感がある。抜いた毛をジロジロと見てから、缶ビールを乳首にあてると、ヒヤリとして気持ちがいい。

ヘンタイになってきた。少しずつ上にあがる湯は梅雨前線みたいで、傷ついた獣が森の中をさまよう気分になり、ウォーッと吠えたくなった。

風呂場のタイルが冷たく光る。水がめから虫が湧いてくる。五月雨は古本屋の匂いに似ている。いっそのこと雷でも落ちて火柱があがれば缶ビールのツマミになるのに、夜の闇から雨が降るだけだ。

缶ビール一本をたちまちあけてしまった。ニャーゴローンとイスズが鳴く。よく腹が減る猫だなあ。また浴槽を出て、右手に煮干し、左手に缶ビールを持ってきて湯につかった。湯はようやく肩のところまでたまった。ここで浴槽下から出る湯は自動的に止まってしまう。さらに湯を出すためには、湯口のバーを引く。湯につかったまま、足の指でバーを引くと、蛇口から湯が出てきた。

イスズにやるつもりだった煮干しを齧ると、これが結構な味なんですな。缶ビールの肴にあう。イスズに三本やって残りの二本は自分で食べた。

ここで泡を出す。ジャグジー風呂で、何種類かの気泡が出てくる。最初のうちは面白がっていろんな泡を出していたものの、すぐにあきて、家族の者はだれも使わなくなった。泡がプクプク出てくるのが、気ぜわしい。しかし、ジャグジー装置を使わないと、外側のタンクに湯垢がたまる。放っておくと湯がくさくなる。そうと気づいて、意地でも使うようにした。ジャグジーを作動させると、風呂場の外にいるイスズがびっくりして飛びあがり、縁側の下へ逃げていった。

プシューン、プクプク、シトシト、ニャーンゴロ、ブーン、ンーめえ。浴槽はさまざまな音の交響楽となり、浴槽から湯があふれ出ていく。わーい、やったぞ。ついにここまで達したのである。

そのうち、ホワーンときて、湯につかったまま一時間ほど眠ってしまった。放っておけば溺死していたかもしれない。浴槽がでかいから全身がずり下がる。イスズの鳴き声で目をさました。浴槽は、やっぱり足を折って入る小型のほうがいいのかもしれない。

「平気で生きて居る事」

昼飯を食いに出かけ、古本屋に立ち寄ると一冊だけ逆さまになった本があった。こういうのは気になる性分だ。だれかが手にとり、書棚に戻すとき逆さまにさしこんだと思われる。きちんと入れなおそうとしたら、正岡子規著の『病牀六尺《びょうしょうろくしゃく》』だった。

自宅の書庫にもあるはずだが、手にしたのが縁だから買い求めた。

『病牀六尺』は、明治三十五年五月五日から、死の二日前九月十七日まで新聞「日本」に百二十七回連載した日記随筆である。

「病牀六尺、これが我《わが》世界である。しかもこの六尺の病牀が余には広過ぎるのである。」

という最初の一行を読みはじめると、とまらなくなった。

病床で激痛にうめきつつ、煩悶、号泣の日々を記録している。六月二日の項は、

「余は今まで禅宗のいわゆる悟《さと》りという事を誤解していた。悟りという事はいかなる場合にも平気で死ぬる事かと思っていたのは間違《まちが》いで、悟りという事はいかなる場合

にも平気で生きて居る事であった。」

「平気で生きて居る事」という一文が目にやきついた。

六月七日は、病室の周囲にある物を列記している。蓑《みの》、笠《かさ》、伊達《だて》政宗《まさむね》の額、向島《むこうじま》百花園晩秋の景の水画。

写真双眼鏡は「これを覗くのが嬉しくて嬉しくて堪《たま》らん」と子どものように自慢している。

河豚《ふぐ》提灯《ちょうちん》、ラマ教の曼陀羅《まんだら》、大津絵、丁字簾《ちょうじすだれ》は、いずれも友人が贈ってくれたものだ。床の間には草花の盆栽と、家人が堀切《ほりきり》から取って帰った花菖蒲《しょうぶ》が活けてある。枕元にちらかっているのは、絵本、雑誌など数十冊、置時計、寒暖計、硯、筆、唾壺《だこ》、汚物《おぶつ》入れの丼鉢《どんぶりばち》、呼鈴、まごの手、ハンケチ。あとは毛繻子《けじゅす》のはでな毛布団一枚。

子規は二十八歳のとき、日清戦争従軍記者として大連、旅順を廻ったから、新聞記者としての客観的な眼がある。

戦地からの帰路、船中で喀血し、重態となった。子規の喀血は、二十一歳にはじまり、二十二歳で喀血したとき、子規《ほととぎす》の句を五十句作り、号を、血を吐く子規とした。

死を覚悟したときに、生きる決意をかためた。六月十九日は、

「ここに病人あり。体痛みかつ弱りて身動きほとんど出来ず。頭脳乱れやすく、目く

るめきて書籍《しょせき》新聞など読むに由なし。」

六月二十日は、

「……もし死ぬることが出来ればそれは何よりも望むところである、しかし死ぬることも出来ねば殺してくれるものもない。」

子規が苦痛を訴えたために読者からさまざまな手紙がくる。あきらめるということについて質問がきた。

あきらめたあとに、あきらめ以上の境地に至り、それがあきらめつつ生きる楽しみになる。病気を楽しむということがなければ、生きていても面白味がない。

そうこうするうち、病気はますます悪化する。

八月になると、痛み止めのモルヒネを飲んでから草花を写生した。九月十一日は、

「一日のうちに我痩足《やせあし》の先にわかに腫れ上りてブクブクとふくらみたるそのさま火箸《ひばし》のさきに徳利をつけたるがごとし。」

よくある闘病記とはまるで違う。ガンで死ぬことを覚悟した人が、葛藤のはてに、死を受け入れて、家族の者に感謝して死んでいく、という「美談」なんてものではない。子規は、あきらめつつも死を呪い、呪いつつあきらめようとした。心が揺れている。ただ、悟ることを拒否した。

明治三十五年に禅宗の遺偈ともいうべき漢詩を書いている。

馬鹿野郎糞野郎　馬鹿野郎　糞野郎
一棒打盡金剛王　一棒《いちぼう》打ち尽くす　金剛王《こんごうおう》
再過五台山下路　再び過《よぎ》る　五台山下の路
野草花開風自涼　野草　花開いて　風自ずから涼し

金剛王とは金剛界の大日如来である。仏《ほとけ》様である。仏様にむかって「馬鹿野郎、糞野郎」とののしり、棒でたたきのめし、再び中国の霊山である五台山の下を通ると、草花が咲き、涼しい風が吹いている、と。

『病牀六尺』の一年前に、同じく新聞「日本」に連載した『墨汁一滴《ぼくじゅういってき》』には、閻魔《えんま》大王に会いに行く話が出てくる。子規は、閻魔大王に「私は根岸の病人であるがお迎えが来るだろうと待っているのに来ないのはどういうわけか」と訊いた。お迎え役の青鬼は「迎えに行ったが根岸の道は曲りくねっているので、家がわからずに引っ返した」と答えた。つぎにお迎えにきた赤鬼は「町幅が狭くて火の車が通らぬから引っ返した」という。

横にいた地蔵様が「ならば事のついでにもう十年ばかり寿命を延べてやりなさい」

としゃべり出すと、子規はあわてて
「この身の痛みは耐え難く、一日も早くお迎えがくるのを待っている。この上十年も苦しめられてはやるせがない」

と閻魔大王に訴えた。

大王は同情して「それなら今夜すぐに迎えをやる」というと、子規は「今夜は余りに早い」と答えた。「それでは明日の晩か」と、大王がいう。

そんなにすぐではなく、いつとなく突然きてもらいたいものですな、と頼みこんだ。「今夜か明日か」といわれてもそんなにすぐでも心の準備ができない。子規は落語好きだったため、没する二年前まではまだ余裕があった。

『病牀六尺』になると、病んだ肉体を強靭な精神が凌駕《りようが》する格闘の記録として、凄みがましてくる。

三度の食事と服薬とカリエス患部包帯《ほうたい》の繰り返しのなかで、子規は食いすぎて吐き、大食のため腹が痛むのに苦悶し、歯ぐきの膿《うみ》を出してまた食い、便を山のように出した。子規は人間の欲の根源に瀕死の肉体をほうりこんだ。

子規が三十四年の生涯に詠んだ句は二万四千句である。

二十八歳で吐血し、療養のあと、松山中学校教員であった夏目漱石の下宿に住みこ

んだ。漱石に金を借りて、帰京するときに奈良に立ち寄って、

柿くへば鐘が鳴るなり法隆寺

と詠んだ。これは子規の代表句である。肺を病んで喀血すると、カラダが水分をほしがる。熱があるときはつめたい果汁がほしい。柿が好きな子規は、むさぼるように柿を食った。

句の奥に「死の予感」がある。ただの風流な情景なんぞではないのです。

あとがき

さきほどまで降っていた雨がやんで、庭が静かになった。黒い蝶が飛んでいく。かくれ住む花街の門にまだ葉鶏頭《はげいとう》が咲いている。

神楽坂に侘住《わびずま》いすると、女どもと三味線を引きならした日々の思い出が頭をよぎるものの、もう昔のことだ。色町の昼間は静かなもので野良猫が路地を歩いていく。出そびれて家にいると女から電話がかかってきた。ちょいと、なにやってんのさ、たまにはうちの店へも飲みにいらっしゃいよ、死んじゃったの。

べつに死にゃあしねえよ、だっていま、こうして話してるんだから。明日は釣りだ。三浦沖にアジを釣りにいくんだ。そのつぎの日も釣りで、そのあとは信州の山へ籠って子規全集を読むんだよ。そのあいだにスケッチ旅行して、絵入り旅日記を雑誌に書かなきゃいけない。頭のなかに、ここ一週間の予定がぼんやりと入っている。

売れっ子でけっこうね。ジイさんのくせにそんなにいそがしいのはよくないわ。

いや、いそがしいわけじゃないんだ。いそがしいのは大嫌いでね、ただ体力が衰えた。昔のように、あれもこれもとすることができない。のんべんだらりとすごしているつもりなのに、やることが多い。昨夜は仕事をうっちゃらかして近くの名画座へいくと、これがつまんない映画でね。で、うさばらしになじみの寿司屋へ顔を出したら、いつのまにかオーナーがかわってた。店を出るわけにもいかず握って貰ったら、無愛想なつらしやがって、まずいのなんの。

あら、お気の毒に、と女があいづちをうった。なら、うちの店にくりゃよかったのに。ここんとこ不景気で客が減って、すいてるんですよ。つぎつぎと新しい店ばかりできて、うちはさっぱりです。

そのうち、蚊ばしらがたち、それを見ているうちに月夜になった。花街の低い家並の上に月がのぼる。世をすねてこの町へかくれ住んだのに、なんだかんだと用事がある。

この女とはいい仲になりかけたときもあったが、そんなに目立つことしたら、すぐ町の噂にのぼりますよ、と知人に注意されて、やめたのだった。その知人とは、この本を編集した露骨亭である。じゃ、これから、姐さんの店へ行きますから、と答えて、鼻緒がゆるんだ下駄に足をつっこんだ。

嵐山光三郎

文庫版あとがき
「下り坂」は繁盛する

「下り坂が最高」というフレーズは、五十六歳のころ、坂崎重盛と「奥の細道」全行程を自転車で走破したときに、突如、天から降ってきた。旅にはテレビ取材班（TBS）が六回ぐらい同行して放送した。この紀行は単行本『奥の細道温泉紀行』（平凡社刊。のち小学館文庫）になり、都立高校入学試験問題に使われました。

自転車に乗って旅をすると、登り坂は苦しいが、下り坂は気持ちがいい。そうか、人生も下り坂が一番いいのだ、と気がついて、いくつかの本に書いた。するとNHK BS「にっぽん縦断 こころ旅」で火野正平（ステキな俳優です）が日本中を自転車で旅して、「下り坂最高！」とつぶやいていた。自転車で旅をすると同じようなことを考えるのでしょうね。

下り坂は肩の力が抜けて、リラックスして自然体になる。黄金のオーラにつつまれています。繁盛するコツは、繁盛している友人とタッグを組むことです。下り坂であることを受け入れて、下り坂の快感を楽しむ仲間とつきあえばいいのです。

「下り坂貧乏生活者群」の貧乏菌は伝染するので、みんな貧乏症になってしまって、そうなると薬で貧乏菌を散らすしかない。じつはビンボーという棒があって、それを手術でとらなければいけない。貧乏人にはきつい手術です。繁盛と貧乏はじつは考え方の違いで、繁盛は繁盛を呼び、輝く幸せ群が集ってくる。年寄りはそういった嗅覚で生きていくのです。

年をとると、約束を忘れる。約束を守るために一番有効なのは約束をしないことです。物を覚えようとしなければよい。物を忘れるのは年寄りの能力、と気がつくと、親の顔を忘れようが、恩師の恩を忘れようが、日本国憲法を忘れようが、傘を忘れようが、忘れる至福を味わっているうちに繁盛してしまうのです。

流行歌の歌詞を忘れます。一番はうっすらと覚えているが二番三番がわからない。まざっちゃうんですね。一番二番三番の好きなところだけをつないで自己流オリジナルとなる。オリジナルができれば繁盛のはじまりです。

固有名詞は、アレだのコレだのレーのになってしまう。

「レーの件でアソコへ行ったとき、ホラ、いたでしょ、ソノ人がコレ連れてて、ソノ人はコレで会社をやめちゃって、えーと、なんだっけ、アチラで、ナニをアレしてるんだよ」。

そのうちという酒宴は忘れる。昔、下宿していたアパート。パーティーの返事。宴会場へはいてきた靴がどれだったか、わからない。漢字。きのうの敵は忘れます。「きのうの敵は今日の友」とはならず、忘れてしまう。時がたつのも忘れる。若いとき、チンピラとケンカして蹴とばしたとき、相手が「てめえ、覚えてろよ」の捨て台詞を言った。私は「忘れちゃうよ」と言い返した。

下り坂はチャンス到来で、そこらじゅうにお宝が埋まっています。そう思って神楽坂を下っていくと、ホラホラ、ホラ、色白の粋なお姐さんとすれちがって目があって立ち止った。なにかいいことがありそうじゃありませんか、ね。文庫本をねばり強く編集してくださった筑摩書房の金井ゆり子さんに感謝いたします。

本書は二〇〇九年九月、新講社から刊行された。

ねにもつタイプ　岸本佐知子

何となく気になることにこだわる、ねにもつ。思索、奇想、妄想はばたく脳内ワールドをリズミカルな名短文でつづる。第23回講談社エッセイ賞受賞。

TOKYO STYLE　都築響一

小さい部屋が、わが宇宙。ごちゃごちゃと、しかし快適に暮らす、僕らの本当のトウキョウ・スタイルはこんなものだ！ 話題の写真集文庫化！

自分の仕事をつくる　西村佳哲

仕事をすることは会社に勤めること、ではない。仕事を「自分の仕事」にできた人たちに学ぶ、働き方のデザインの仕方とは。（稲本喜則）

世界がわかる宗教社会学入門　橋爪大三郎

宗教なんてうさんくさい⁉ でも宗教は文化や価値観の骨格であり、それゆえ紛争のタネにもなる。世界宗教のエッセンスがわかる充実の入門書。

ハーメルンの笛吹き男　阿部謹也

「笛吹き男」伝説の裏に隠された謎はなにか？ 十三世紀ヨーロッパの小さな村で起きた事件を手がかりに中世における「差別」を解明。（石牟礼道子）

増補 日本語が亡びるとき　水村美苗

明治以来豊かな近代文学を生み出してきた日本語が、いま、大きな岐路に立っている。我々にとって言語とは何なのか。第８回小林秀雄賞受賞作に大幅増補。

子は親を救うために「心の病」になる　高橋和巳

子は親が好きだからこそ「心の病」になり、親を救おうとしている。精神科医である著者が説く、親子という「生きづらさ」の原点とその解決法。

クマにあったらどうするか　姉崎等・片山龍峯

「クマは師匠」と語り遺した狩人が、アイヌ民族の知恵と自身の経験から導き出した超実践クマ対処法。クマと人間の共存する形が見えてくる。（遠藤ケイ）

脳はなぜ「心」を作ったのか　前野隆司

「意識」とは何か。どこまでが「私」なのか。死んだら「心」はどうなるのか。――「意識」と「心」の謎に挑んだ話題の本の文庫化。（夢枕獏）

モチーフで読む美術史　宮下規久朗

絵画に描かれた代表的な「モチーフ」を手掛かりに美術を読み解く、画期的な名画鑑賞の入門書。カラー図版約１５０点を収録した文庫オリジナル。

文房具56話　串田孫一

使う者の心をときめかせる文房具。どうすればこの小さな道具が創造力の源泉になりうるのか。文房具の想い出や新たな発見、工夫や悦びを語る。

おかしな男　渥美清　小林信彦

芝居や映画をよく観る勉強家の彼と喜劇マニアのぼく。映画「男はつらいよ」の〈寅さん〉になる前の若き日の渥美清の姿を愛情こめて綴った人物伝。（中野翠）

青春ドラマ夢伝説　岡田晋吉

『青春とはなんだ』『俺たちの旅』『あぶない刑事』……。テレビ史に残る名作ドラマを手掛けた敏腕TVプロデューサーが語る制作秘話。（鎌田敏夫）

万華鏡の女　女優ひし美ゆり子　ひし美ゆり子　樋口尚文

ウルトラセブンのアンヌ隊員を演じてから半世紀、いまも人気を誇る女優ひし美ゆり子。70年代には様々な映画にも出演した。女優活動の全貌を語る。

ゴジラ　香山滋

今も進化を続けるゴジラの原点。太古生命への讃仰、原水爆への怒りなどを込めた、原作者による小説・エッセイなどを集大成する。（竹内博）

赤線跡を歩く　木村聡

戦後まもなく特殊飲食店街として形成された赤線地帯。その後十余年、都市空間を彩ったその宝石のような建築物と街並みの今を記録した写真集。

おじさん酒場　増補新版　山田真由美文　なかむらるみ絵

いま行くべき居酒屋、ここにあり！　居酒屋から始まる夜の冒険へ読者をご招待。さあ、読んで酒を飲もう。いい酒場に行こう。巻末の名店案内105も必見。

プロ野球新世紀末ブルース　中溝康隆

伝説の名勝負から球界の大事件まで愛と笑いの平成プロ野球コラム。TV、ゲームなど平成カルチャーとプロ野球の新章を増補し文庫化。（熊崎風斗）

禅ゴルフ　Dr.ジョセフ・ペアレント　塩谷紘訳

今という瞬間だけを考えてショットに集中し、結果に関して自分を責めない。禅を通してゴルフの本質と心をコントロールする方法を学ぶ。

国マニア　吉田一郎

ハローキティ金貨を使える国があるってほんと⁉　私たちのありきたりな常識を吹き飛ばしてくれる、世界のどこか変てこな国と地域が大集合。

旅の理不尽 宮田珠己

旅好きタマキングが、サラリーマン時代に休暇を使い果たして旅したアジア各地の脱力系体験記。鮮烈なデビュー作、待望の復刊！（蔵前仁一）

ふしぎ地名巡り 今尾恵介

古代・中世に誕生したものもある地名は「無形文化財」的でありながら、「日用品」でもある。異なる性格を同時に併せもつ独特な世界を紹介する。

はじめての暗渠散歩 本田創／髙山英男／吉村生／三土たつお

失われた川の痕跡を探して散歩すれば別の風景が現れる。橋の跡、コンクリ蓋、銭湯や豆腐店等水に関わる店。ロマン溢れる町歩き。帯文＝泉麻人

鉄道エッセイコレクション 芦原伸 編

本を携えて鉄道旅に出よう！ 文豪、車掌、音楽家――、生粋の鉄道好き20人が愛を込めて書いた「鉄分100％」のエッセイ／短篇アンソロジー。

発声と身体のレッスン 鴻上尚史

あなた自身の「こえ」と「からだ」を自覚し、魅力的に向上させるための必要最低限のレッスンの数々。続ければ驚くべき変化が！（安田登）

B級グルメで世界一周 東海林さだお

読んで楽しむ世界の名物料理。キムチの辛さにうなり、小籠包の謎に挑み、チーズフォンデュを見直し、どこかで一滴の醤油味に焦がれる。（久住昌之）

中央線がなかったら 見えてくる東京の古層 陣内秀信／三浦展 編著

中央線がもしなかったら？ 中野、高円寺、阿佐ヶ谷、国分寺……地形、水、古道、神社等に注目すれば東京の古代・中世が見えてくる！ 対談を増補。

決定版 天ぷらにソースをかけますか？ 野瀬泰申

食の常識をくつがえす、衝撃の一冊。天ぷらにソースをかけないのは、納豆に砂糖を入れないのは――あなただけかもしれない。（小宮山雄飛）

増補 頭脳勝負 渡辺明

棋士は対局中何を考え、休日は何をしている？ 将棋の面白さ、プロ棋士としての生活、いま明かされるトップ棋士の頭の中！（大崎善生）

世界はフムフムで満ちている 金井真紀

街に出て、会って、話した！ 海女、石工、コンビニ店長……。仕事の達人のノビノビ生きるコツを拾い集めた。楽しいイラスト満載。（金野典彦）

考現学入門　今和次郎　藤森照信編

震災復興後の東京で、都市や風俗への観察・採集からはじまった〈考現学〉。その雑学の楽しさを満載し、新編集でここに再現。（藤森照信）

超芸術トマソン　赤瀬川原平

都市にトマソンという幽霊が！　街歩きに新しい楽しみを、表現世界に新しい衝撃を与えた超芸術トマソンの全貌。新発見珍物件増補。（藤森照信）

路上観察学入門　赤瀬川原平／藤森照信／南伸坊編

マンホール、煙突、看板、貼り紙……路上から観察できる森羅万象を対象に、街の隠された表情を読みとる方法を伝授する。（とり・みき）

自然のレッスン　北山耕平

自分の生活の中に自然を蘇らせる、心と体と食べ物のレッスン。自分の生き方を見つめ直すための詩的な言葉たち。帯文＝服部みれい（曽我部恵一）

地球のレッスン　北山耕平

地球とともに生きるためのハートと魂のレッスン。そして、食べ物について知っておくべきこと。絵＝長崎訓子。推薦＝二階堂和美（広瀬裕子）

ROADSIDE JAPAN 珍日本紀行 東日本編　都築響一

秘宝館、意味不明の資料館、テーマパーク……。路傍の奇跡ともいうべき全国の珍スポットを走り抜ける旅のガイド、東日本編一七六物件。

ROADSIDE JAPAN 珍日本紀行 西日本編　都築響一

蠟人形館、怪しい宗教スポット、町おこしの苦肉の策が生んだ妙な博物館。日本の、本当の秘境は君のすぐそばにある！　西日本編一六五物件。

ウルトラマン誕生　実相寺昭雄

オタク文化の最高峰、ウルトラマンが初めて放送されてから40年。創造の秘密に迫る。スタッフたちの心意気、撮影所の雰囲気をいきいきと描く。

ウルトラ怪獣幻画館　実相寺昭雄

ジャミラ、ガヴァドン、メトロン星人など、ウルトラマンシリーズで人気怪獣を送り出した実相寺監督が書き残した怪獣画集。オールカラー。（樋口尚文）

輝け！　キネマ　西村雄一郎

日本映画の黄金期を築いた巨匠と名優、小津安二郎と原節子、溝口健二と田中絹代、木下恵介と高峰秀子、黒澤明と三船敏郎。その人間ドラマを描く！

関西フォークがやって来た！　なぎら健壱
1960年代、社会に抗う歌を発表した「関西フォーク」。西岡たかし、高田渡、フォークルらの足跡を辿り、関西のアングラ史を探る。（タブレット純）

痛みの作文　ANARCHY
京都・向島の過酷な環境で育った少年は音楽と仲間に出会い奇跡を起こす。日本を代表するラッパーが綴る魂震えるリアル・ストーリー。（都築響一）

大正時代の身の上相談　カタログハウス編
他人の悩みはいつの世も蜜の味。大正時代の新聞紙上で129人が相談した、あきれた悩み、深刻な悩みが時代を映し出す。（小谷野敦）

横井軍平ゲーム館　横井軍平　牧野武文
数々のヒット商品を生み出した任天堂の天才開発者・横井軍平。知られざる開発秘話とクリエイター哲学を語った貴重なインタビュー。（ブルボン小林）

悪魔が憐れむ歌　高橋ヨシキ
政治的に正しくなく、安っぽいショックの中にこそ救いとなる表現がある。映画に「絶望と恐怖」という友人を見出すための案内書。（田野辺尚人）

バーボン・ストリート・ブルース　高田渡
流行に迎合せず、グラス片手に飄々とうたい続け、いぶし銀のような輝きを放ちつつ逝った高田渡の酔いどれ人生、ここにあり。（スズキコージ）

間取りの手帖　remix　佐藤和歌子
世の中にこんな奇妙な部屋が存在するとは！　間取りと一言コメント。文庫化に当たり、間取りとコラムを追加し著者自身が再編集。（南伸坊）

ブルース・リー　四方田犬彦
ブルース・リーこと李小龍はメロドラマで高評を獲得し、アクション映画の地図を塗り替えた。この天才俳優の全作品を論じる、アジア映画研究の決定版。

たまもの　神藏美子
彼と離れると世界がなくなってしまうと思っていたのに、別の人に惹かれ二重生活を始めた「私」。写真と文章で語られる「センチメンタルな」記録。

青春と変態　会田誠
著者の芸術活動の最初期にあり、高校生男子の暴発するエネルギーを、日記形式の独白調で綴る変態的青春小説もしくは青春的変態小説。（松蔭浩之）

日本の村・海をひらいた人々　宮本常一

民俗学者宮本常一が、日本の山村と海、それぞれに暮らす人々の、生活の知恵と工夫をまとめた貴重な記録。フィールドワークの原点。（松山巖）

広島第二県女二年西組　関千枝子

8月6日、級友たちは勤労動員先で被爆した。突然に逝った39名それぞれの足跡をたどり、彼女らの生を鮮やかに切り取った鎮魂の書。（山中恒）

誘拐　本田靖春

戦後最大の誘拐事件。残された被害者家族の絶望、犯人を生んだ貧困、刑事達の執念を描くノンフィクションの金字塔！（佐野眞一）

責任 ラバウルの将軍今村均　角田房子

ラバウルの軍司令官・今村均。軍部内の複雑な関係、戦地、そして戦犯としての服役。戦争の時代を生きた人間の苦悩を描き出す。（保阪正康）

田中清玄自伝　田中清玄　大須賀瑞夫

戦前は武装共産党の指導者、戦後は国際石油戦争に関わるなど、激動の昭和を侍の末裔として多彩な人脈を操りながら駆け抜けた男の「夢と真実」。

戦場体験者　保阪正康

終戦から70年が過ぎ、戦地を体験した人々が少なくなる中、戦場の記録と記憶をどう受け継ぎ歴史に刻んでゆくのか。力作ノンフィクション。（清水潔）

東京の戦争　吉村昭

東京初空襲の米軍機に遭遇した話、寄席に通った話。少年の目に映った戦時下・戦後の庶民生活を活き活きと描く珠玉の回想記。（小林信彦）

私たちはどこから来て、どこへ行くのか　森達也

自称「圧倒的文系」の著者が、第一線の科学者に「いのち」の根源を尋ねて回る。科学者たちの真摯な応答に息を呑む、傑作科学ノンフィクション。

富岡日記　和田英

ついに世界遺産登録。明治政府の威信を懸けた官営模範器械製糸場たる富岡製糸場。その工女となった「武士の娘」の貴重な記録。（斎藤美奈子／今井幹夫）

ブルースだってただの唄　藤本和子

アメリカで黒人女性はどのように差別と闘い、生きてきたか。名翻訳者が女性達のもとへ出かけ、耳をすまして聞く。新たに一篇を増補。（斎藤真理子）

アフガニスタンの診療所から　中村哲
戦争、宗教対立、難民。アフガニスタン、パキスタンでハンセン病治療、農村医療に力を尽くす医師と支援団体の活動。（阿部謹也）

アイヌの世界に生きる　茅辺かのう
アイヌの養母に育てられた開拓農民の子が大切に覚えてきた、言葉、暮らし。明治末から昭和の時代をアイヌの人々と生き抜いてきた軌跡。（本田優子）

本土の人間は知らないが、沖縄の人はみんな知っていること　矢部宏治
普天間、辺野古、嘉手納など沖縄の全米軍基地を探訪し、この島に隠された謎に迫る痛快無比なデビュー作。カラー写真と地図満載。（白井聡）

女と刀　中村きい子
明治時代の鹿児島で士族の家に生まれ、男尊女卑や家の厳しい規律など逆境の中で、独立して生き抜いた一人の女性の物語。（鶴見俊輔・斎藤真理子）

新編 おんなの戦後史　もろさわようこ　河原千春編
フェミニズムの必読書！　女性史先駆者の代表作。古代から現代までの女性の地位の変遷を、底辺の視点から描く。（斎藤真理子）

被差別部落の伝承と生活　柴田道子
半世紀前に五十余の被差別部落、百人を超える人々から行った聞き書き集。暮らしや民俗、差別との闘い。語りに込められた人々の思いとは。（横田雄一）

証言集 関東大震災の直後 朝鮮人と日本人　西崎雅夫編
大震災の直後に多発した朝鮮人への暴行・殺害。芥川龍之介、竹久夢二、折口信夫ら文化人、子供や市井の人々が残した貴重な記録を集大成する。

遺言　石牟礼道子　志村ふくみ
未曾有の大災害の後、言葉を交わしあうことを強く望んだ作家と染織家。新しいよみがえりを祈って紡いだ次世代へのメッセージ。（志村洋子／志村昌司）

独居老人スタイル　都築響一
〈高齢者の一人暮し＝惨めな晩年？〉いわれなき偏見をぶっ壊す16人の大先輩たちのマイクロ・ニルヴァーナ。話題のノンフィクション待望の文庫化。

へろへろ　鹿子裕文
最期まで自分らしく生きる。そんな場がないのなら、自分たちで作ろう。知恵と笑顔で困難を乗り越え、新しい老人介護施設を作った人々の話。（田尻久子）

ちくま文庫

「下《くだ》り坂《ざか》」繁盛記《はんじようき》

二〇一四年 七 月 十 日 第一刷発行
二〇二三年十一月 十 日 第三刷発行

著 者 嵐山光三郎（あらしやま・こうざぶろう）

発行者 喜入冬子
発行所 株式会社 筑摩書房
東京都台東区蔵前二―五―三 〒一一一―八七五五
電話番号 〇三―五六八七―二六〇一（代表）
装幀者 安野光雅
印刷所 明和印刷株式会社
製本所 株式会社積信堂

ISBN978-4-480-43186-8 C0195